SETTE

W0393583

SAMARA TRAMONTANA

SETTE

Romanzo

MONDADORI

Sette
@sette

Muori.

Dovresti fare un incidente mortale, tu e le tue sorelle.

Spero ti ammazzino nel sonno, perché lo meriti.

Troia.

Sei una persona di merda e devi sparire dalla faccia della terra!

Come fai ad alzarti la mattina e non vomitare dallo schifo, guardandoti allo specchio?

Ma la tua famiglia ti sta ancora vicino?

Dovresti suicidarti, faresti un favore a tutti.

Questi sono alcuni dei messaggi che mi sono arrivati, quando tutto è successo.

1

La storia che vi voglio raccontare comincia una mattina di metà marzo, con io che spalanco gli occhi, svegliandomi di soprassalto.

Ricordo di aver pensato: "Sara, calmati, è solo un brutto sogno", ma poi l'ho sentito di nuovo. Un rumore insistente che ho impiegato un po' a riconoscere. Era il cellulare che vibrava sul mio comodino. E se vi sembra strano che non l'abbia riconosciuto subito avete ragione, ma la sera prima avevo fatto tardi in palestra e nei miei programmi avrei recuperato le ore di sonno la mattina, posticipando la sveglia.

A volte i casini iniziano da un fatto minuscolo e insignificante: è la prima cosa che tutta questa vicenda mi ha insegnato. Nel mio caso, da un cellulare che ti sveglia vibrando per messaggi e telefonate.

Poi c'è stato anche il bussare deciso alla porta di camera mia, e Giuli che urlava il mio nome. Doveva essere successo qualcosa. *Cosa* in particolare l'ho scoperto quando la mia amica si è stancata di aspettare una risposta e ha spalancato la porta, urlando: «Sara, svegliati!».

«Che succede?» ho chiesto con la voce ancora impastata di sonno.

«Ha raccontato delle cose. Su TikTok. Ieri sera tardi» ha risposto lei, tutto d'un fiato, serissima.

«*Chi* ha raccontato *cosa*?» Ero sempre più confusa.

Giuli si è seduta sul letto accanto a me, con aria preoccupata. «Alyce» ha iniziato, quasi bastasse un nome per spiegare tutto. «Ha caricato un TikTok» ha aggiunto. E io l'ho sentita dentro, nel petto, come un pesante groviglio: la paura.

Ho dovuto farmi coraggio per chiederlo. «Cosa ha detto?»

«Non ha fatto il tuo nome» ha continuato lei, senza rispondermi davvero.

Non sapevo ancora nulla di preciso, non avevo idea di cosa fosse stato rivelato, eppure mi è mancato il fiato.

Ed ecco la seconda cosa che ho imparato da questa vicenda: ciò che ancora non conosciamo ci terrorizza. Quando poi scopri quello che devi affrontare, per quanto terribile, ti fai forza. Sai che in qualche modo ne uscirai, magari ammaccata, magari persino migliore. Il momento più difficile è prima, quando sai che una minaccia sta per arrivare, ma non sai di cosa si tratta. Anzi, non lo immagini nemmeno, ed è allora che perdi il controllo dei pensieri.

Io ero particolarmente spaventata perché c'entrava lei, Alyce.

Alyce era una mia compagna di Accademia. Eravamo iscritte allo stesso corso di discipline artistiche. Stesse lezioni di danza, stesso seminario di recitazione. A parte questo, non abbiamo mai avuto molto in comune, anzi. Sembriamo il giorno e la notte. Opposte, in tantissimi modi.

E, inutile girarci attorno, Alyce mi ha sempre odiata.

Io non amo litigare in generale, le discussioni mi creano sempre un po' di disagio, quindi l'idea di stare antipatica a qualcuno non mi piace granché. Però, con il tempo, ho capito una cosa importante: non si può piacere a tutti. Per non scontentare mai nessuno dovresti ridurti a una pallida, sbiadita, tiepida versione di te stessa, e probabilmente neppure basterebbe. Quindi cerco di ricordarmi che ci sono otto miliardi di persone sul nostro pianeta, duecento delle quali iscritte all'Accademia.

Io e Alyce avremmo potuto semplicemente ignorarci, frequentare amici diversi.

Be', sarebbe stato bello, ma non è andata così.

«Cos'ha detto?» ho insistito. A quel punto ero sveglia del tutto.

«Ha raccontato di una ragazza bionda che ama la danza e dei suoi sette ragazzi.»

Sette ragazzi.

Una ragazza bionda.

Sette
@sette

Non ero io, non potevo essere io quella persona,
in alcun modo.

Non ero io

non potevo
essere io
quella persona

in alcun modo.

Non ero io, non potevo essere io quella persona, in alcun modo.

D'istinto ho preso il telefono per guardare quel maledetto video, ma poi ho pensato che avrei avuto cose troppo importanti da fare quel giorno e non potevo di certo permettere che qualcosa di negativo mi rovinasse l'umore, quindi ho messo il cellulare nello zaino e mi sono preparata per uscire.

Avrei visto il video a fine giornata.

Ma la verità non sempre conta, purtroppo.

###

Avete presente la sensazione di avere gli occhi di tutti addosso?

Li avverti sulla pelle, come un disagio sottile che però non passa.

Ecco, è quello che ho provato qualche ora dopo, entrando in Accademia.

Ero sempre io, la Sara che attraversava i corridoi regalando sorrisi a chiunque; ma ora gli occhi delle persone che mi ritrovavo davanti sembravano diversi.

Sguardi che pesavano come macigni.

Ho incrociato una compagna di danza che si stava affrettando verso la palestra. «Ehi, Sara» ha detto tirando dritto.

Possibile che il suo tono di voce fosse diverso dal solito?

Possibile che non fosse davvero in ritardo, ma mi stesse evitando?

O forse stavo solo diventando un po' paranoica e in verità nessuno ce l'aveva dichiaratamente con me...

Ho raggiunto il mio armadietto, quello in cui tengo il cambio dei vestiti e i libri. Mi stavo preparando per un provino, e nei miei programmi avrei trascorso la giornata in palestra per ripetere allo sfinimento la coreografia. L'Accademia è così: alle lezioni teoriche si alternano moltissime lezioni pratiche. È il posto giusto per chi sogna un futuro artistico.

Ho desiderato tantissimo essere qui, ho dedicato molti mesi dopo la fine del liceo a prepararmi all'esame di ammissione. Non è stato facile, per diverse ragioni. E persino quando mi hanno fatto sapere che avevo superato la selezione, non ho osato esultare. Con gli occhi chiusi e il cuore impazzito ho chiamato mio padre. «Mi hanno accettata.» Solo allora, dicendolo ad alta voce, ho avvertito un'esplosione nel petto. Ho esultato e urlato e saltellato in giro per la stanza, perché era un sogno che si avverava. Non potevo immaginare quanto tutto sarebbe stato complicato.

Ripensando a quel giorno, in cui avevo annunciato a mio padre che ce l'avevo fatta, ho recuperato le scarpe da ballo e chiuso l'anta metallica.

Un gruppo di ragazzi che passava in corridoio in quel momento mi ha vista e ha smesso di parlare. Un caso? Non lo so.

"Dovrò vedere quel TikTok" mi sono detta.

Per me le priorità erano altre: volevo solo andare in palestra, accendere la musica e riprendere l'allenamento. Volevo arrivare pronta al provino che mi aspettava, esibirmi al meglio ed entrare nel cast del musical a cui puntavo da settimane. Per me contava quello, anche se il pensiero di quel video mi stava tormentando.

Ho stretto i pugni, mi sono fatta forza e mi sono diretta verso la palestra, ignorando le ragazze che bisbigliavano qualcosa accanto alla macchinetta del caffè.

"Non parlano di me" ho provato a convincermi.

Ho attraversato il corridoio a testa alta. Ho ignorato tutto quello che mi accadeva intorno e, superata la doppia porta in fondo, ho visto le pareti di specchi e il pavimento lucido di parquet e ho provato un senso di sollievo.

Ma non è durato molto.

Leila, che come me si sta preparando per il provino, mi si è materializzata davanti, lanciandomi un'occhiata di disprezzo.

«Che vergogna» ha detto.

Due sole parole, che mi sono arrivate addosso con l'effetto di un pugno.

Ho spalancato gli occhi. Mi sono venute in mente così tante cose che i pensieri si sono ingarbugliati. È come quando devi dire qualcosa di troppo importante, ma le parole non riescono a prendere forma e non puoi farci nulla. Odio quando mi succede, perché mi fa sentire impotente.

###

Qualunque cosa Alyce avesse detto, non mi sorprendeva che in Accademia si sospettasse di me. In molti sapevano che tra noi non c'era una gran simpatia. Non è una cosa che si può nascondere.

Provate a pensarci: spesso lo si capisce a pelle, senza che succeda qualcosa di preciso, come una discussione o una litigata. È che si vede la vita da prospettive diverse. Certo, si può tentare di andare d'accordo, e noi ci abbiamo anche provato, ma niente, non ha funzionato, siamo come due pianeti distanti anni luce l'uno dall'altro e abbiamo storie e situazioni familiari molto differenti. Io e lei siamo sempre sembrate come il giorno e la notte.

Io ho una famiglia che molti chiamerebbero "normale", ma io preferisco definirla "splendida". I miei genitori sono sempre stati molto presenti e mi hanno spalleggiata in qualsiasi necessità. Ho un fratello e una sorella maggiori e una sorella più piccola, a cui sono legatissima. Discutiamo, come credo accada a chiunque, ma ridiamo anche tantissimo, e spesso non c'è neppure bisogno di parlarci perché ci capiamo al volo, guardandoci negli occhi.

Quando sono stata accettata all'Accademia, hanno gioito insieme a me, mi hanno aiutata a fare le valigie e, dopo aver caricato le mie cose in macchina, mi hanno accompagnata nell'appartamento dove avrei vissuto con Giuli per gli anni seguenti, a Milano.

Lasciare casa e la propria famiglia può essere un'esperienza abbastanza difficile, soprattutto se sei una ragazzina come lo ero io. E ammetto che ero un po' spaventata. Anzi, no. *Spaventata* non è la parola giusta, diciamo che ero *terrorizzata* e *consapevole* di andare incontro a un grande cambiamento, di quelli che ti rivoluzionano la vita. Mi stavo trasferendo a parecchi chilometri dal piccolo paese in cui ero nata e cresciuta, dai miei migliori amici, dalla mia camera con le pareti colorate ricoperte di scritte, foto, poesie accumulate negli anni. Stavo per allontanarmi da tutte le mie certezze, dalle persone che amavo e da quel posto sicuro che era la mia casa dove mi sentivo protetta e felice, e lo stavo facendo per inseguire i miei sogni. Avrei iniziato un nuovo capitolo della mia vita ricominciando tutto da capo. Non sarebbe stato facile, ma avevo accanto loro, la mia famiglia, e questo mi ha dato una forza enorme. Quindi sì, sono una ragazza fortunata.

Me lo sono sentito dire tante volte, quasi fosse una colpa: «Sì, però tu sei fortunata, Sara». È vero, lo sono. Questo non significa che non abbia sempre lottato duramente, impegnandomi per raggiungere i risultati che mi ero prefissata; non significa che non abbia vissuto anche io dei momenti difficili, in cui ho pensato di non farcela. Ci sono stati, come per tutti. Ma non conta, a molte persone non interessa. Perché io "sono fortunata".

E credo che sia proprio questo a rendermi così insopportabile agli occhi di Alyce, a evidenziare le nostre differenze. Io forse non capirò mai come ci si senta a non avere una famiglia alle spalle, a ritrovarsi a lottare da sola, ma lei continuerà a non vedere che anche io percorro la mia vita contando sulle mie forze, come chiunque altro.

Non siamo mai arrivate a discutere apertamente, ma penso che già dai primi mesi di Accademia molti nostri compagni avessero capito che tra me e lei non scorreva buon sangue. E, dopo averla sentita accusare una misteriosa ragazza, ero certa che se lo stessero chiedendo: "Si tratterà di Sara?".

Qualcuno, come Leila, evidentemente si era anche dato delle risposte.

Non ho saputo ribattere nulla, e lei è sparita verso lo spogliatoio.

Ho infilato le scarpe da ballo, ho tolto la felpa e ho fatto partire la musica. Per tutta la mattina mi sono concentrata su quello: ho danzato. È stato anche il mio modo per non pensare a nulla, tagliare fuori ogni preoccupazione. Era come se le voci, i bisbigli, le occhiatacce non potessero entrare in palestra. Io volevo solo fare ciò che amavo e arrivare al meglio al mio provino. Non contava altro.

Sono rimasta lì anche a pranzo, grazie all'aiuto di

Giuli, che mi ha portato un panino. Semplicemente è entrata e me l'ha messo in mano, fermandosi a mangiare con me. Non ha detto nulla, non ha neppure chiesto se avevo visto il video.

Nel pomeriggio avevo una lezione di dizione e una di storia dell'arte.

L'idea di affrontare il mondo fuori dalla palestra mi ha provocato una stretta allo stomaco... ma poi ho pensato che non avevo alcun motivo per nascondermi. Anzi, sarebbe stato peggio. Sarebbe stato come confessare che sì, avevo qualcosa di cui vergognarmi.

Con quello spirito ho affrontato il resto della giornata: nulla di cui vergognarmi.

Mi sentivo addosso gli sguardi delle persone.

In Accademia il TikTok di Alyce era la chiacchiera del giorno.

A parte le cattiverie che avrebbe potuto raccontare, in cuor mio non avevo nulla di cui preoccuparmi...

###

L'ho guardato anch'io, il video, ovviamente. Quella sera, tornata a casa, in camera mia. Nella penombra ho preso il cellulare e ho aperto TikTok. Ho digitato il suo nome ed è apparso subito. C'era Alyce con espressione seria, come quella di chi sta per fare una rivelazione importante; sembrava davvero triste. Ha raccontato una lunga storia che riguardava una ragazza di cui credeva potesse fidarsi. Quella ragazza, invece, l'aveva delusa, facendo cose orribili.

Non è entrata nei particolari, né ha detto chi fosse la tipa in questione. Accennava solo a tre dettagli: la passione per il ballo e i capelli biondi. E sette ragazzi.

Sotto, c'erano tantissimi commenti. Moltissimi chiedevano chi fosse *lei*, la ragazza.

Alyce sui social è sempre stata abbastanza seguita. Sul suo profilo condivide video in cui canta, ed è davvero brava. Ha un discreto seguito e dubito che in Accademia qualcuno non la segua. Non c'era quindi da stupirsi se quella storia era diventata l'argomento di cui tutti chiacchieravano. Non mancava proprio nulla: una misteriosa ragazza crudele, un'amicizia tradita.

Evidentemente io ero tra le sospettate, perché qualcuno si era spinto a fare il mio nome nei commenti.

Alyce non aveva confermato né smentito.

Oltre a me, un'altra ragazza era finita, suo malgrado, nel mirino. Nina, un anno più grande di noi.

La conoscevo, ma non potevo dire fossimo amiche... Incontrandola in palestra o nei corridoi, mi ero fatta l'idea che fosse una tipa dal carattere deciso, di quelle che non hanno paura di dire ciò che pensano.

Ho sempre ammirato chi sa difendere la propria posizione con sicurezza, ma credo anche che a parlare chiaro si rischi sempre di ferire un po' chi ci sta

Mi sentivo addosso gli

sguardi

delle persone.

davanti. Ecco, Nina mi sembrava quel genere di persona che immagina che tutti gli altri siano forti come lei.

Sono rimasta a lungo seduta a terra, nella penombra, con il cellulare tra le mani, a guardare e riguardare il video. Lo sapevo. C'erano tutti gli ingredienti per un gran casino.

Perché se non hai un'idea ben chiara in testa, non carichi una cosa del genere. Non aveva senso... Dietro a quello sfogo online c'era altro. E faticavo a comprenderne le ragioni.

Datemi dell'ingenua, ma quando sono arrivata all'Accademia pensavo solo a ballare, cantare, migliorare e costruire il mio futuro. Poi ho scoperto che è tutto più complicato di così; che per ogni provino c'è un solo ruolo a copione, ma un gran numero di ragazzi o ragazze che competono per ottenerlo. Ho trovato antipatie e rivalità. Più di quelle che mi sarei aspettata.

Ho sempre creduto che ogni successo arriva solo perché dimostri quanto vali. Distruggere gli altri o metterli in cattiva luce, secondo me, non ti fa guadagnare nulla. Risultare il migliore solo perché hai dedicato le tue energie a screditare gli altri, per me, non è una strategia. Ma non tutti la pensano allo stesso modo. E io avevo paura che la faccenda della confessione su TikTok stesse andando esattamente in quella direzione. Non riuscivo a trovare altra spiegazione. Alyce voleva distruggere la ragazza misteriosa, renderle la vita impossibile. Nina c'era finita in mezzo e non sarebbe stata a guardare. Ero certa che la sua risposta sarebbe arrivata presto. E allora sarei rimasta solo io.

Non c'era nulla che potessi fare, però. Dovevo solo aspettare e scoprire che Alyce svelasse le carte.

###

Avevo ragione, purtroppo.

Il giorno dopo, all'ora di pranzo, ero in mensa con Giuli e Jaco, i miei migliori amici. Ho conosciuto Jaco un anno prima di quel maledetto video: ero appena arrivata in Accademia e da quel momento abbiamo stretto amicizia. Abbiamo passato intere nottate a guardare vecchi film immaginandoci finali alternativi; ci siamo sfidati a giochi da tavolo ridendo fino alle lacrime. Ed è per questo che, quando nella stanza si è levato un certo fermento, ho alzato gli occhi, incrociando i suoi.

Qualche secondo prima stavamo parlando di come interpretare una canzone particolarmente difficile, poi all'improvviso quella strana agitazione. Mi sono guardata intorno: erano tutti attaccati al cellulare. Allora ho recuperato il mio telefono dalla tasca e ho subito visto la notifica: Nina aveva pubblicato qualcosa.

Ho sentito un brivido scivolarmi lungo la schiena, poi Jaco mi ha detto: «Meglio controllare».

Aveva ragione. Lui e Giuli si sono avvicinati a me, un po' per curiosità, un po' per farmi forza.

Sullo schermo è comparsa Nina, con aria scocciata. Nel video spiegava che era finita in mezzo a una storia che non la riguardava affatto, che non le andava si parlasse di lei, che non aveva nulla da nascondere. «Non so neppure di cosa mi si accusi, ma la ragazza di cui tutti state parlando non sono io...» diceva.

Evidentemente Nina si era stancata di ricevere sguardi accusatori, di sentire il proprio nome bisbigliato, di venire osservata con curiosità. Io avevo deciso di tacere, perché mi sembrava la scelta migliore, non avendo fatto nulla. Cioè, se sei innocente da cosa devi difenderti?

Lei no. Aveva preferito parlare.

Solo che di bionde con una passione per la danza, più o meno dello stesso anno di Alyce, restavo praticamente solo io.

Ho sollevato lo sguardo dal telefono e mi è sembrato che attorno a me fosse calato uno strano silenzio. Una cosa abbastanza assurda, perché solitamente la mensa è un posto rumoroso e caotico. Ho provato quella sensazione tipica delle sere d'estate, quando sta per diluviare: senti l'aria farsi densa, carica di elettricità. Qualcosa sta per accadere, ma non sai esattamente cosa o quando.

Poi sul mio cellulare è comparsa una notifica. Hanno cominciato ad arrivarmi diversi DM, nessuno particolarmente simpatico.

Sei tu?

Ma cosa hai fatto?

Sono stata investita da una rabbia che non capivo, che non meritavo.

Per fortuna quel pomeriggio sono potuta tornare in palestra e riprendere gli allenamenti. Di tanto in tanto qualcuno, passando, mi lanciava un'occhiata. Io fingevo di non accorgermene.

Non ho ballato bene. Continuavo a ripetermi che tutto si sarebbe risolto. Che le persone non potevano davvero pensare che quella storia fosse vera.

Sette ragazzi: cioè, suona impossibile. Chi può credere a una cosa del genere?

Alla fine della giornata desideravo solo una cosa: tornare a casa, cenare con Giuli, magari telefonare ai miei genitori.

Mi sono cambiata, ho recuperato la mia sacca e il cellulare si è illuminato.

Era Giuli. **Farà una live. E spiegherà tutto.**

Non potevo saperlo, eppure dentro, nel mio profondo, avevo già capito.

Stava per cominciare un incubo da cui non sarebbe stato facile uscire...

###

Vorrei poter dire che mi stavo preoccupando in modo esagerato e che poi è stato meno terribile del previsto, ma non sarebbe vero.

La live, comunque, non l'ho vista, perché dopo cena mi ha chiamata Martina, una delle mie amiche del cuore. Io e Martina ci conosciamo fin da bambine, la sua famiglia abita vicino alla mia, nel piccolo paese in cui siamo cresciute. Lei si è iscritta a Veterinaria e ogni tanto collabora con un'associazione che si occupa di animali abbandonati, e quella sera aveva bisogno d'aiuto per scaricare degli scatoloni di cibo per cani da un camion appena arrivato in città.

Mentre mi preparavo per uscire, Giuli mi ha raggiunta all'ingresso.

«Sinceramente preferisco dare una mano al canile, piuttosto che restare ad ascoltare le bugie di Alyce...» ho spiegato, prima che mi facesse qualche domanda.

E in effetti, come ho raggiunto Martina, ho pensato che mi avrebbe fatto bene staccare un po' la testa dalle chiacchiere di corridoio e da tutta quell'assurda faccenda. Trascorrere la serata attaccata allo schermo, in attesa di scoprire quale sarebbe stato il prossimo gossip, avrebbe fatto esattamente il suo gioco, e io non volevo permetterlo. Ancora non sapevo quali fossero le sue intenzioni, ma mi illudevo di poterne restare fuori. Pensavo che la verità alla fine sarebbe stata più forte, che le sue erano solo parole. Sì, le persone le avrebbero ascoltate, ma non immaginavo che si sarebbero interessati davvero a quella storia.

Avevo questo in testa, mentre Alyce faceva la live e io scaricavo gli scatoloni riempiendo il magazzino dell'associazione. Era un lavoro faticoso e ci restava ben poco fiato per parlare, per fortuna. Ma Martina mi conosce molto bene, e credo si sia accorta che qualcosa mi stava turbando, tanto che un paio di volte si è fermata per chiedermi: «Tutto ok?».

Mi sono limitata a rispondere un vago: «Nulla di grave».

Ho anche ignorato il cellulare, lasciandolo nella tasca della giacca in modalità notte, per non permettere a nessuno di rubarmi tempo ed energie. Stavo aiutando la mia amica del cuore, e poi avevo un provino da affrontare e gli esami finali da preparare. La mia testa doveva restare concentrata sui miei obiettivi.

Non posso dire che il pensiero della live fosse completamente scomparso, ma scatolone dopo scatolone mi è sembrato di rimettere le cose nella giusta prospettiva.

"S'inventerà qualcosa, ma non può fare il mio nome" pensavo.

E mi sono aggrappata a quello, finché ho salutato Martina e sono tornata a casa. Ormai era abbastanza tardi, quindi speravo che Giuli si fosse addormentata.

Come ho girato la chiave nella serratura e aperto lentamente la porta, ho trovato Giuli e Jaco in salotto con tutte le luci accese.

«Ehi» ho detto. Stavano parlando, ma appena mi hanno vista si sono zittiti.

È stata Giuli a rompere il silenzio: «Sara, credo dovresti sentire quello che ha detto».

Sospirando, ho recuperato il cellulare. Avevo un bel po' di messaggi, ma li ho ignorati tutti. Ho trovato subito la live, salvata sul suo profilo. Mi sono seduta a terra, con il telefono tra le mani. E ho guardato il video in cui Alyce, per trentasette minuti, raccontava al mondo di una ragazza bionda, appassionata di danza, che negli ultimi mesi aveva manipolato gli amici per il proprio interesse, dimostrando di essere spietata, cinica e senza cuore. Una storia che doveva essere resa pubblica per evitare che altri soffrissero, spiegava Alyce con gli occhi lucidi di lacrime. Non faceva nomi, ma i dettagli erano tanti, abbastanza da capire di chi stesse parlando.

Sette ragazzi.

Per ciascuno Alyce descriveva fatti, cose, eventi, persino qualche conversazione.

Ho ascoltato tutto, immobile, sentendo dentro un gelo che mi impediva di reagire. È stato stranissimo, perché una parte di me urlava: «Non sono io!», ma l'altra parte vedeva chiaramente come infinite bugie, piccoli dettagli tolti dal loro contesto, dicerie, voci, pettegolezzi fossero stati ricuciti insieme per confezionare una storia di cui, mio malgrado, ero protagonista.

Le migliori bugie sono così: non sono mai completamente inventate, ma riprendono qualcosa di vero, manipolandolo. Non è stato neppure necessario arrivare alla fine della live per capire che in molti avrebbero creduto a quella storia. Era perfetta: c'erano delle vittime, c'erano sette ragazzi e c'era il cattivo della situazione, cioè io. Il mio nome non veniva mai fatto, ma chiunque in Accademia avrebbe capito. La ragazza bionda che balla non potevo che essere io, soprattutto dopo la presa di posizione di Nina. A scuola non si sarebbe parlato di altro per molto, molto tempo, perché troppe persone erano coinvolte. Compagni di corso, ma non solo.

E l'odio non ha tardato ad arrivare.

Nel mio profilo c'erano già numerosi messaggi. Mi sono fermata a leggere il primo.

Con un professore? Davvero?

Poi ho appoggiato il telefono sul pavimento, concentrandomi con tutte le mie forze sulle lacrime che sentivo arrivare. Non avrei pianto.

2

Cominciamo con la prima bugia raccontata sul mio conto. Non la peggiore, ma quella che rischiava di rovinarmi, distruggendo tutto quello per cui avevo lavorato duramente.

Lei, la misteriosa bionda, avrebbe avuto una storia con un professore dell'Accademia.

Come dicevo, le bugie spesso affondano le radici in qualcosa che è accaduto davvero, ma poi crescono per conto loro, fuori controllo, come quelle piante infestanti che soffocano tutto ciò che le circonda. E quando ti accorgi del danno è troppo tardi per fermarle.

Quando ho sentito Alyce lanciare quell'accusa, ho impiegato un po' a capire a cosa si stesse riferendo. Una storia con un professore: non potevo essere io. Poi ho ricollegato e capito.

È una faccenda che ci riporta all'inizio della mia avventura in Accademia, all'estate in cui ho finito il liceo. Ai tempi pensavo al mio futuro con le idee ancora poco chiare. O meglio, io avevo chiarissimo in testa quale fosse il mio sogno: volevo ballare.

La danza mi ha sempre resa felice, fin da quando ero piccola. Quando una cosa ci fa stare bene è un segnale importante, da non sottovalutare: prima ancora di immaginare che potesse diventare un lavoro, una materia da studiare, la mia strada nella vita, sapevo che la danza mi apparteneva. Era il mio "spazio", quello in cui ritrovavo me stessa.

Come accade spesso con i sogni, ero decisissima sull'obiettivo finale, ma molto confusa circa la strada migliore per raggiungerlo. A rendere tutto più complicato c'era la complessità del mondo in cui intendevo entrare... Vi faccio un esempio: se vuoi diventare avvocato, sai che devi studiare legge. Moltissime professioni, anche quelle più particolari, hanno più o meno un percorso standard da seguire. Con la danza è più difficile. Sapevo che la danza classica non faceva per me, ma ero sicura che anche la recitazione mi sarebbe piaciuta molto... e più ci pensavo, più il futuro mi pareva confuso e incerto. Mi trovavo in quel genere di situazione in cui più pensi e ragioni in cerca di una soluzione, più ti senti davanti a una questione irrisolvibile. La verità è che nessuno ti può garantire che ce la farai, perché tantissimo dipende da te, dal tuo talento, dalla tua determinazione. Non puoi saperlo prima, devi provarci.

Ho finito per selezionare alcune scuole che sembravano più promettenti, ma non sapevo decidermi.

Alcune erano troppo teoriche, altre si concentravano esclusivamente sulla pratica, altre ancora erano lontanissime da casa e costavano cifre importanti.

Lo ammetto, l'estate alla fine delle superiori è stata abbastanza faticosa. Molti dicono che è uno dei momenti più belli della vita, perché sei libero e puoi davvero decidere che cosa fare della tua vita. A me sembrava soprattutto di avere davanti infinite possibilità, senza alcuna bussola in mano per orientarmi. Alla fine è stata Martina ad aiutarmi, facendo una banalissima ricerca su Internet. «Credo che questa sia la migliore» ha detto, facendomi il nome dell'Accademia. Ovviamente l'avevo trovata anche io, ma c'era un problema.

«Non accettano studenti senza esperienza» ho replicato, allargando le braccia, come a dire "che posso farci".

Per entrare non solo era necessario superare un esame di ammissione, ma bisognava avere anche un curriculum, seppur modesto. E io, non avendo alcuna vera esperienza professionale, avevo escluso quella possibilità.

«È la scuola giusta per te, quindi vale comunque la pena di provare...» ha continuato Martina.

Aveva ragione lei.

Era un'idea un po' folle, ma l'ho fatto comunque. Ho mandato la mia candidatura, accompagnata da una lettera di spiegazione e dai link di alcuni video che avevo caricato sui social.

Poi ho aspettato, e più passavano i giorni, più mi convincevo che non poteva funzionare. C'erano delle regole e di certo non avrebbero fatto un'eccezione per me. Ho persino ripreso a considerare altre scuole, partecipando a open day e giornate di presentazioni. Mi ero rassegnata, quando un giorno, appena rientrata dalle vacanze, ho ricevuto una chiamata da un numero sconosciuto. Era la segreteria dell'Accademia. La direzione voleva propormi un colloquio.

Ho accettato con la voce più calma possibile, riuscendo a trattenere l'urlo di gioia.

Quindi sì, contro ogni aspettativa e fuori tempo massimo sono stata selezionata. I mesi successivi li ho trascorsi a studiare, per arrivare pronta a quell'appuntamento con il destino. Ho continuato a non crederci del tutto, ovviamente, per non illudermi. E penso di aver fatto bene, perché una delle prime cose che mi sono sentita dire entrando in Accademia per quel colloquio è stata: «Ah, tu sei quella senza esperienza». Lo sapeva persino il tizio addetto all'accoglienza dei ragazzi.

Quando sono arrivata in Accademia, ero quella leggermente diversa dagli altri. Ma ognuno trova in modi differenti la grinta e la motivazione giuste per superare una prova o un momento impegnativo. Paradossalmente, il fatto di dover ancora dimostrare quel che potevo dare mi ha spronata ad affrontare una situazione per me completamente nuova.

Sì, ero quella senza esperienza, ma non mi sarei

lasciata definire da ciò che mi mancava. Volevo giocarmela, dare il massimo e poi, eventualmente, sentirmi dire che non meritavo di stare lì. Ero pronta anche a un "no grazie", ma l'avrei accettato solo dopo averci provato davvero.

Ho affrontato il primo incontro con la commissione stringendo i pugni, decisa a combattere.

Qualcuno mi ha anche guardata un po' dall'alto in basso, ma non mi sono lasciata intimorire.

Mi hanno presentata brevemente, poi è partita la musica e mi sono esibita. Dopo mesi di prove, conoscevo quei passi alla perfezione. Non dovevo pensare, ogni mio muscolo sapeva esattamente cosa fare.

Alla fine non m'importava più dell'ammissione, ero semplicemente soddisfatta di me stessa.

Con quello spirito ho aspettato il verdetto dei professori: ero stata ammessa a uno stage di due settimane, alla fine di febbraio. Avrei potuto seguire le lezioni per verificare con gli insegnanti il mio livello nelle diverse materie. Poi avrebbero deciso.

Sono tornata a casa con l'impressione di camminare a un metro da terra... non ero ancora dentro, ma mi stavano dando un'opportunità.

###

A febbraio sono entrata come stagista, per due settimane – sì, c'era sempre quella maledetta mia vocina interiore che mi impediva di illudermi – e a marzo sono rimasta come studentessa, confermata per i tre anni. È stata una vittoria grande, per me. Una dimostrazione che potevo farcela, a dispetto di chi, fin dai primissimi giorni, mi definiva "quella senza esperienza".

Qualcuno l'ha detto, professori e compagni di corso. Dietro quelle parole non c'erano cattive intenzioni, né il desiderio di ferirmi o farmi sentire meno meritevole rispetto agli altri ragazzi. Certo, qualcuno l'ha detto anche per ricordare che a me mancava qualcosa. Il problema era che le dicerie e le insinuazioni dei maligni mi stavano facendo venire dei dubbi, riassumibili nella domanda: "Me lo merito davvero?". E a volte succede che una diceria finisca per diventare una piccola cattiveria che infliggi a te stessa.

In quelle prime settimane ero combattuta. Una parte di me lottava per dare il meglio in ogni materia, mettendoci un impegno che neppure sapevo di poter spendere. Poi c'era quell'angolo della mia testa che se lo chiedeva. "Me lo merito davvero?" . Era una lotta contro me stessa, un vortice di pensieri che mi consumava dentro.

Ogni giorno entravo in Accademia pensando che fosse l'ultima volta. Mi aspettavo una convocazione in presidenza, dove avrei sentito la fatidica frase: "Ci spiace, non sei all'altezza". E penso che questo non mi abbia aiutata particolarmente ad ambientarmi.

E poi sì, credo che qualcuno dei miei compagni

mi guardasse con un po' di sospetto. Ero l'unica a non essere mai comparsa in un film, nessuna parte in qualche serie tv, nessun ruolo in un musical, nessuna esperienza all'estero, neppure la fama costruita grazie ai social... Mi sono ritrovata tra giovani promesse della danza, del canto, della recitazione. Forse avevo talento, ma ancora dovevo dimostrarlo.

E in quel primo periodo non proprio semplicissimo, la persona con cui ho legato maggiormente è stata anche quella con cui ho dovuto trascorrere più tempo: il giovanissimo professore incaricato di seguire l'inserimento dei nuovi studenti. Diplomatosi nella stessa Accademia appena due anni prima, aveva deciso di rimanere come tutor per fare un po' di esperienza e mettere da parte qualche soldo per poi continuare gli studi all'estero.

È stato lui a spiegarmi la vita in Accademia, le lezioni, cosa si aspettavano i professori. Mi ha aiutata a gestire il tempo nelle giornate che mi sembravano sempre troppo corte e a comporre il mio piano di studi. Ero forse la più inesperta dell'anno, quella che rischiava di non venire confermata e lui mi stava dando una mano, ma soprattutto sembrava prendermi sul serio.

Era lui a dirmi: «Non arrenderti». E lo faceva sempre nel momento giusto, trovando le parole per convincermi che, sì, potevo farcela. Ricordo un pomeriggio in cui ero sola, fuori dalla palestra, e ci siamo incrociati. Lui ha visto la stanchezza nei miei occhi, si è fermato davanti a me e mi ha appoggiato una mano sulla spalla. Solo questo, nulla di più. Ma è bastato a farmi sentire compresa.

In altri momenti ha saputo anche essere severo. Non ha mai finto che fosse semplice stare lì.

«È un'opportunità, in tanti vorrebbero provarci. Tu, stando qui, hai comunque un privilegio grandissimo.»

Non so come sarebbe andata senza di lui e gli sarò sempre grata per la sua presenza.

Quel periodo è stato intenso ma breve, anche se, in verità, a ripensarci ora, mi pare sia durato una vita intera.

Alla fine delle due settimane, la preside mi ha intercettata fuori dalla palestra: avevano vagliato i miei risultati con gli altri professori. «Abbiamo deciso di ammetterti in via definitiva» ha detto.

Ero dentro, ce l'avevo fatta.

E sì, lui è stata la prima persona in Accademia a cui l'ho detto quando, poco dopo, l'ho incontrato in corridoio.

Sentivo dentro i fuochi d'artificio, ma appena mi ha proposto di uscire a festeggiare, mi sono bloccata immediatamente. L'ho capito all'istante che non era giusto, che si stava superando un confine. Avevamo condiviso tantissimo, ma nulla poteva modificare il fatto che io fossi una studentessa e lui un insegnante. E quell'invito per me implicava altro.

Lui si è accorto subito che qualcosa non andava.

«Non credo sia una buona idea uscire» ho detto con tono più gelido di quello che avrei voluto.

E la sua reazione ha confermato che la sua proposta era *sbagliata*. È scoppiato a ridere, ha detto che non avevo capito, che l'aveva suggerito solo per gentilezza, perché mi vedeva sola e un po' persa. Non c'era nulla di male, se non quello che ci avevo visto io.

Ero incredula.

Da quel momento le cose tra noi sono cambiate. Lui ha preso le distanze, ha smesso di interessarsi a me, ai miei risultati scolastici, al mio destino nell'Accademia. Mi è mancata la sua presenza, il suo aiuto, i suoi consigli, e sarei ingiusta se lo negassi. Ma sapevo anche che quelle attenzioni nascevano da una motivazione sbagliata.

Non escludo che quel cambiamento sia stato notato da qualcuno. Cioè, prima trascorrevamo davvero tanto tempo insieme, poi tra noi improvvisamente non c'era più nulla. Penso che siano nate illazioni, teorie, chiacchiere da corridoio a riguardo. Qualcosa deve essere arrivato anche ad Alyce, che ha deciso di credere che tra me e lui ci fosse una storia. Senza fare il mio nome, ha raccontato al mondo intero di una studentessa ammessa grazie all'aiuto di un professore. Lei lo avrebbe illuso, tanto che tra i due sarebbe successo *qualcosa*. Poi, ottenuto quel che desiderava, lo avrebbe lasciato.

Be', non è andata così.

Potete accusarmi di essere stata ingenua, di non aver capito per tempo in quale situazione mi stavo mettendo, di essere entrata in Accademia con un curriculum meno solido degli altri, ma non ho altre colpe. Tra me e lui non è mai successo nulla.

Appena ho capito l'ambiguità, ho chiarito le cose. Tornassi indietro, lo farei infinite altre volte. Forse mi sarebbe convenuto essere meno diretta, forse, se fossi stata zitta, la mia vita sarebbe stata decisamente più semplice. Chi lo sa, magari avrebbe persino potuto aiutarmi. Ma non importa, non potrò mai essere felice di un risultato ottenuto attraverso una scorciatoia.

Ogni volta che mi sono trovata davanti alla scelta, non ho mai avuto dubbi: si gioca rispettando le regole. No, non sono il genere di persona che ha una storia con un professore della propria scuola, mi dispiace. E chi dice il contrario mente.

Ora, a distanza di tempo, tra me e lui tutto è tornato alla normalità. Ci incrociamo nei corridoi, qualche volta chiacchieriamo. Siamo due persone che frequentano la stessa Accademia per motivi diversi. Si è fidanzato con una ragazza che conosco e non abbiamo mai più parlato di quel giorno. Non è stato necessario. Se glielo chiedeste, però, vi risponderebbe senza esitazione: tra noi non è successo nulla.

Il problema è che moltissimi, a scuola, sembravano credere a ciò che aveva raccontato Alyce...

###

Tr**a.

Ma chi credi di essere.

Muori.

Meriti di essere sbattuta fuori di lì.

Ma soprattutto, tr**a.

È solo una parte della violenta, inarrestabile valanga di insulti che mi è arrivata, depositata tra DM, messaggi, persino qualche email all'indirizzo ufficiale della scuola.

Decine, centinaia, migliaia di frasi simili. Da persone che ho visto di sfuggita, compagni di corso, sconosciuti. Ragazzi dell'Accademia e non solo. Tutti convinti di *sapere*, anche se non mi conoscevano. Hanno ascoltato la storia – perché di questo si tratta: una storia – di Alyce e ci tenevano a dirmi ciò che pensavano di me. Ovvero, che ero una persona meschina, traditrice, che mi sono approfittata delle persone. Una tr**a.

Hanno cominciato ad arrivare la sera della live, e sono rimasta attonita a leggerli, senza sapere che dire o che fare.

Un paio di volte ho provato a formulare una risposta, ma cosa puoi scrivere a chi ti augura il peggio – **meriti di ritrovarti per strada, senza nulla, di perdere tutto ciò a cui tieni** – senza averti mai visto di persona? Cosa mai avrei potuto dire per convincerli che ciò di cui mi accusavano non era vero?

Mi sono sentita impotente, persa, schiacciata da quella marea di insulti.

Ho avuto paura e ho pianto, come non mi era mai successo in vita mia. Mi sono sdraiata sul mio letto, raccogliendo le ginocchia al petto, facendomi piccola mentre lo schermo del cellulare continuava a illuminarsi per le incessanti notifiche.

"Sono solo parole, messaggi scritti da persone che nella mia vita non contano nulla." La mia parte razionale mi ripeteva di ignorare. "Nessuno ti farà del male *davvero*" mi ripetevo. Ma il mio cuore urlava che quello era dolore, ed era terribilmente vero.

È una violenza che non puoi capire finché non la provi.

"Ignora il telefono, spegnilo, vai dagli amici, accendi la radio, balla. Torna nella vita reale, quella dove nessuno ti vuole male" mi dicevo. È che non puoi farlo. Lo sai che là fuori tutta quella gente ti odia.

Erano tanti, tantissimi. Persone minacciose che, protette da un nickname, dallo schermo, ti vomitano addosso la loro rabbia, e tu non puoi farci nulla. Sei la vittima della situazione, quella che il gruppo vuole annientare.

Perché era questo il messaggio: devi sparire, sei finita. Ritirati dall'Accademia.

Ed è andata avanti così, per ore. Finché mi sono addormentata, non so neppure io come.

Non è stata una notte tranquilla, anzi. La mattina

ho aperto gli occhi e mi sono ritrovata ancora vestita, nel letto. Immediatamente ho ricordato e ho avuto quasi timore a recuperare il cellulare.

Ho sperato fosse solo un incubo, ma ovviamente mi illudevo: no, era ancora tutto lì. Anzi, nuovi messaggi si erano aggiunti.

"Non esco di casa, sto qui finché non passa" mi sono detta. Poi ho pensato che sarebbe stato peggio. Era meno umiliante alzarmi e andare a scuola. Perché io non avevo nulla di cui vergognarmi. Ancora una volta mi sono aggrappata a quello.

###

A nulla serve dirsi che è solo odio online, perché non è vero.

È odio e basta, e dove sta è solo un dettaglio.

L'ho sentito addosso appena ho messo piede in Accademia, l'ho visto negli sguardi delle persone, nel movimento di chi si scansava per farmi passare, nei silenzi e nelle frasi bisbigliate. Era tutto come al solito, eppure diverso. Tutti sapevano. E nessuno era intenzionato a schierarsi dalla mia parte. Sarebbe bastato poco, immagino. Salutarmi, rivolgermi la parola. Invece mi sono trovata isolata, sola. Ho sentito risate di scherno, ho intuito qualche mezza frase.

La situazione ha toccato il punto più basso quando ho incrociato Jaco. Mi ha guardata, poi si è voltato e si è allontanato. Persino lui aveva deciso di prendere le distanze, anche se avrebbe potuto esprimersi, almeno su una parte di quella vicenda.

Quanto è stato difficile quel giorno non so neppure dirlo. Ho tenuto duro, con gli occhi arrossati e una voglia immensa di sparire. L'ho cercata, tra i ragazzi. Alyce, che aveva mosso bugie e persone per arrivare a quella situazione, ironicamente quel giorno non c'era.

È stato camminando lungo i corridoi che ho capito che quella faccenda rischiava davvero di distruggere tutto. Non erano più solo pettegolezzi, era diventato altro.

Era la mia reputazione, il sospetto che non mi fossi guadagnata davvero ciò che avevo ottenuto. Era il dubbio che fossi una brutta persona, che ero andata a letto con sette ragazzi, in poco tempo, e tutto per il mio vantaggio: se davvero ero capace di quello, cos'altro avrei potuto fare?

All'ora di pranzo mi sono chiusa in bagno, ho chiamato Martina e ho pianto. Non le ho neppure spiegato cos'era successo, ho immaginato che già sapesse.

###

"Perché mi ha fatto questo?" Era la domanda che più mi tormentava.

Il problema era che io, in fondo, conoscevo la risposta.

Tutto è iniziato tre mesi prima, durante gli ultimi

giorni dell'anno, quando io, Jaco e Giuli ci siamo ritrovati in Accademia, benché i corsi fossero sospesi per le vacanze natalizie, a domandarci cosa fare per Capodanno.

Ripensandoci ora, la serie di fatti che in marzo ha dato vita a quella valanga di odio ha cominciato a smuoversi proprio in quel momento.

Era un pomeriggio particolarmente tranquillo, perché moltissimi studenti erano dalle rispettive famiglie. Io ero tornata in Accademia perché Martina e gli altri amici con cui avrei dovuto festeggiare Capodanno avevano avuto problemi: Marco si era ammalato, Enrico alla fine aveva preferito accettare un altro invito... Così io ero rientrata e pensavo di usare quei giorni per allenarmi e ripassare, in modo da arrivare preparata agli impegni di gennaio. Ci aspettava un inizio anno piuttosto sfidante, con diversi esami, per cui volevo assolutamente arrivare pronta. Quindi non avevo alcun particolare progetto per l'ultimo dell'anno, e come me anche Giuli e Jaco.

Alla fine di un pomeriggio di allenamento abbiamo lasciato la musica accesa e ci siamo seduti a terra, sul legno lucido del parquet, a chiacchierare, finché è venuta fuori la domanda: «Che si fa a Capodanno?».

Non ricordo neppure a chi è venuta l'idea, ma a un certo punto stavamo guardando i voli. Sapete, a volte succede che cominci a pensare a una cosa senza credere che poi accadrà davvero. È andata così:

guardavamo i voli e – sorpresa! – ce n'era uno economico per Amsterdam. Partiva a un orario un po' assurdo, ma pazienza. Giuli ha detto che un amico di suo fratello abitava lì, Jaco ha annuito deciso. «Be', vediamo quanto costano le case.» Poco dopo avevamo sullo schermo una lista di appartamenti. È il genere di cose che lui fa succedere, ed è anche questo a renderlo speciale ai miei occhi.

«Questo potrebbe andare» ha detto Jaco. Era piccolo, poco più che una stanza, ma potevamo starci. Insomma, c'era tutto, quindi perché non farlo? Ci siamo guardati negli occhi e abbiamo deciso.

«Partiamo.»

Proprio in quel momento è entrata in palestra lei, Alyce. «Dove andate?» ha chiesto. Era in piedi accanto alla porta e ci guardava a braccia incrociate. Era chiaro che le interessava, anche se non voleva farlo capire.

Jaco mi ha guardata come a dire "scegli tu cosa fare".

Sospirando, ho risposto: «Stavamo pensando di andare ad Amsterdam per Capodanno...».

Sette
@sette

"Perché mi ha fatto questo?" Era la domanda che più mi tormentava.

"Perché mi ha fatto questo?"

Era la domanda

che più mi tormentava.

3

Non era ancora successo nulla di particolare tra me e lei, a quel tempo. Nessuna grande litigata, nessuna discussione. Eppure era già evidente che non eravamo amiche e non lo saremmo mai diventate. Però era amica di Jaco, questo sì. Non so esattamente quanto – si raccontavano tutto o si fermavano a qualche chiacchiera da compagni di scuola? –, ma non mi interessava particolarmente. E non è per questo che le ho detto di Amsterdam.

Ancora oggi mi chiedo perché l'ho fatto. L'unica spiegazione che mi so dare è anche la più triste: mi è sembrata sola. Alyce ha sempre voluto passare per la ragazza che non ha bisogno di nessuno, che se la cava sempre, quella forte, capacissima di alzare la voce e difendersi quando serve. E immagino che un po' lo sia davvero, ma sono sempre stata convinta che dietro quella parte di sé che offriva al mondo ci fosse anche altro. Quel pomeriggio in palestra mi è sembrata fragile. Non lo avrebbe mai ammesso, ma non aveva programmi per Capodanno. Ne sono abbastanza sicura, perché le ci è voluto solo un secondo per stringersi nelle spalle e dire: «D'accordo, vengo anch'io». Se avesse avuto qualsiasi altro progetto, ci avrebbe pensato un po' prima di accogliere quella proposta.

Comunque, al tempo non ho riflettuto troppo. Poteva non starmi particolarmente simpatica, è vero, ma un po' mi dispiaceva pensare che sarebbe rimasta in Accademia a non fare nulla di particolare mentre noi organizzavamo un viaggio.

Non ero mai stata ad Amsterdam e non vedevo l'ora di visitarla. Inoltre ero con Giuli e Jaco, le mie persone preferite, in una vacanza decisa all'improvviso. Non sarebbe stata Alyce a rovinare tutte quelle cose belle, pensavo.

Quindi abbiamo ripreso a organizzare il viaggio. Abbiamo prenotato la casa, e intanto io e Giuli preparavamo la lista dei posti che avremmo voluto vedere... e, quando è arrivato il momento di comprare i voli, abbiamo scoperto il primo problema.

«Ragazzi, scusate, potreste anticiparmi voi i soldi, che al momento non li ho?» ha detto Alyce.

L'ho guardata con aria perplessa: come pensava di partire, se non poteva permettersi il biglietto dell'aereo?

«Ve li rendo a gennaio, ovviamente» ha aggiunto.

Jaco ha sorriso. «Va bene, tanto usiamo un'unica carta di credito.»

Quindi abbiamo pagato tutto noi, anche la casa. Non ne abbiamo scelta una più spaziosa, pensando che avremmo potuto stringerci.

L'istinto mi diceva che non era una grande idea, ma ho preferito concentrarmi su tutte le cose belle che ci aspettavano. Appena un'ora prima ci stavamo allenando pensando agli esami di gennaio e, senza neppure sapere bene come fosse successo, eccoci invece a organizzare una vacanza improvvisata.

Ero felice, inutile girarci intorno.

Già mi vedevo passeggiare tra i canali, le case strette con i tetti a punta, il mercato dei fiori e i quadri di Van Gogh.

Siamo rimasti in Accademia un altro giorno per fare le valigie, poi siamo partiti.

Amsterdam: non vedevo l'ora di essere là. Nella mia testa c'era solo quello.

###

Bene e anche male, ecco com'è andata. Bellissimo come ogni viaggio, soprattutto quelli un po' improvvisati, dove ogni piccola cosa è una sorpresa. E anche problematico, soprattutto nel momento del ritorno, ma non potevamo saperlo. Quando abbiamo aperto la porta del minuscolo monolocale, era tardi ed eravamo stanchissimi dopo un viaggio durato tutto il giorno. L'Olanda ci ha accolti con un freddo pungente, ma non aveva importanza.

... era già evidente
che non eravamo

amiche

e non lo saremmo
mai diventate.

«Andiamo» mi ha detto Jaco, dopo aver sistemato le valigie. Poi si è avvicinato e mi ha preso per mano. «Vieni» ha sussurrato.

Abbiamo passeggiato lungo un canale dal nome impronunciabile, noi due soli, perché Giuli doveva raggiungere l'amico di suo fratello, mentre Alyce si sentiva stanca e preferiva restare a casa.

Così ci siamo ritrovati io e lui, per le strade di una città sconosciuta. Era ormai buio, ma infinite lucine brillavano sui davanzali di ogni finestra.

«Non è assurdo pensare a quanta vita c'è oltre a quello che conosciamo noi, lontano da casa, dal nostro giro di amici, da tutto quello che ci è familiare?» mi ha chiesto avvicinandosi, ma ignorando il freddo che intanto faceva arrossare le mie guance.

Adoravo Jaco per questo, con lui ogni discorso era possibile. Ci siamo conosciuti subito dopo la mia ammissione definitiva, sedendoci per caso vicini durante una lezione. Cominciare a chiacchierare è stato semplicissimo, naturale. Era come se ci conoscessimo da sempre. Lui sapeva sorprendermi, farmi ridere e riflettere allo stesso tempo, riusciva a tirare fuori la parte migliore di me. Infatti presto abbiamo iniziato a condividere i nostri pensieri più profondi, uniti da un legame intenso e complesso. È una magia che a volte accade, tra le persone. Inutile cercare di capirla, spiegarla o darle un nome.

«A me fa pensare anche a tutto quello che potrei fare, un giorno» gli ho risposto sorridendo.

Poi si è accorto che stavo rabbrividendo e mi ha passato un braccio sulle spalle. «Andiamo, qui fa freddo» ha detto.

Abbiamo passeggiato lungo strade di cui non ci siamo preoccupati di conoscere il nome, ridendo mentre provavamo a pronunciare le assurde parole scritte sulle insegne dei negozi.

Amsterdam di notte sembra fatta apposta per perdersi, con le sue vie tutte simili.

Finché Jaco ha esclamato con decisione: «Qui!». Si è fermato, ha aperto la porta di un piccolo bar e mi ha trascinata dentro con lui. Abbiamo cenato insieme, noi due soli, dividendoci un enorme piatto di patatine fritte e continuando a scherzare finché il proprietario ci ha fatto notare che stava chiudendo.

«Sara, ci pensi che domani è Capodanno?» mi ha detto, mentre camminavamo verso casa.

«Quest'anno forse è arrivato troppo presto» ho commentato.

Avevo alle spalle nove mesi intensi: l'ingresso in Accademia, i nuovi amici, la vita lontana da casa. Mi sembrava che troppe cose fossero accadute, troppo velocemente.

Eravamo occhi negli occhi, vicinissimi, potevo vedere il suo fiato condensarsi in una nuvola bianca. «E che cosa vorresti per l'anno nuovo?» ha chiesto in un sussurro.

«Non te lo dico, altrimenti non si realizza» ho risposto, piano. Poi ho sorriso, mi sono voltata e mi sono messa a correre lungo la strada deserta, sollevando le braccia perché nel frattempo aveva preso a nevischiare.

Quella prima sera, io e Jaco sotto la neve, è tra le cose belle del viaggio.

###

A rendere la vacanza unica sono state le piccole cose, come scendere a comprare la colazione per gli altri e poi esplorare la città insieme. Il 31 abbiamo camminato per ore e siamo finiti a De Wallen, tra coffee shop e locali dall'aria losca, e lì siamo rimasti fino a sera, bevendo uno strano cocktail che sapeva di caramella e fermandoci davanti a ogni vetrina.

«Una perfetta ultima cena dell'anno!» ha detto Jaco, indicando un minuscolo posto che vendeva pizze al trancio.

Sì, è stata una vacanza così. Improvvisata, senza orari, mettendo insieme quel che accadeva.

Non aveva importanza quanto fosse piccola la casa che avevamo affittato, né ci è importato finire poco prima di mezzanotte in un locale terribile, di quelli che vogliono attirare una clientela raffinata senza riuscirci, perché poi siamo usciti per strada e il cielo si è acceso di fuochi d'artificio, e per noi contava solo essere lì, insieme.

E questo riguardava me, Jaco e Giuli, in verità.

Alyce, per la maggior parte del tempo, era rimasta

a casa. Oppure aveva preferito fare qualche giro per i negozi, per i fatti suoi. Ci ha raggiunti la sera del 31, ma più che altro ci ha ignorati.

Più volte io e Giuli ce lo siamo chieste: «Ma perché è partita con noi?». Jaco, invece, non diceva nulla, come se per lui fosse tutto normale.

In realtà non me ne sono preoccupata, anzi. Ero con Giuli e Jaco, i miei più cari amici, che altro avrei potuto desiderare?

Poi, però, la mattina del primo gennaio, Alyce ha cominciato a tossire.

Ricordo di aver socchiuso gli occhi, pensando: "Vi prego, fatemi dormire ancora".

In quel minuscolo monolocale non esisteva privacy. E lei non stava affatto bene.

Quando ci siamo alzati, ha provato a dirci un: «Tutto a posto».

«Alyce, hai un'aria terribile!» ha esclamato Giuli.

«Sto bene» ha insistito lei. Ma subito ha ripreso a tossire.

«Vado in farmacia» ho detto.

«Ho già le medicine» ha ribattuto.

Ho afferrato la sua borsa e ho trovato diverse pastiglie alle erbe per la tosse e per il mal di gola.

«Vado a prenderne altre.» E sono uscita senza attendere una risposta.

Quando sono tornata, Alyce non poteva più fingere di stare bene, perché la febbre era salita e lei tremava come una foglia nel letto.

«Sara, io non posso perdere il volo di ritorno» ha mormorato Giuli, chiudendosi con me in bagno per non farsi sentire.

No, neppure io. Non avevamo i soldi per restare lì ancora, le lezioni sarebbero riprese presto e avevo diversi esami da preparare. Per ottenere quell'opportunità in Accademia avevo lavorato duramente e proprio non potevo rovinare tutto ammalandomi.

«Ma come facciamo?» ha domandato Giuli, con il panico nella voce. Avremmo dovuto dividere un monolocale con Alyce ancora per due giorni.

«Cerchiamo di restare fuori casa il più possibile» ho risposto passandomi una mano sugli occhi. Non mi veniva in mente altro.

###

In tutta quella faccenda c'era un dettaglio in particolare a cui ancora oggi ripenso spesso. Nella borsa di Alyce c'erano medicine per la tosse e per il mal di gola. Significava una cosa: quando era partita, già stava male. Sapeva di essere malata e aveva scelto di salire comunque su quell'aereo. Ad Amsterdam era solo peggiorata.

Quello era il periodo del Covid, dei contagi, dei tamponi, delle quarantene. Era il periodo in cui l'attenzione era massima, perché a ogni molecolare positivo ti veniva da ripensare a tutte le persone che avevi incontrato, domandandoti se stessero bene.

Era *quel* periodo. Ecco perché io e Giuli eravamo così scosse all'idea che non stesse bene.

Comunque, l'abbiamo fatto: siamo rimasti fuori casa il più possibile, tornando solo per dormire.

La mattina della partenza ci siamo alzati e, in silenzio, ho preparato il caffè per tutti. Alyce era pallida. «Sto meglio» ha detto, infilando in bocca una delle sue pastiglie per la gola.

Non ho risposto, mi sono limitata ad allungarle la tazza per poi preparare il mio zaino.

Dopo pranzo, quando siamo usciti per andare in aeroporto, Alyce sembrava davvero in condizioni migliori.

Salendo sull'aereo, ho pensato a tutte le persone sedute attorno a noi e ho sperato che nessuno si svegliasse con la febbre nei giorni seguenti. Ho pensato anche a me stessa, agli esami che mi aspettavano, a come avrei voluto arrivarci al meglio. Non volevo perdere tutto, non per una leggerezza commessa da Alyce.

«Forse non sapeva di essere malata» mi ha bisbigliato Jaco, mentre camminavamo verso la metropolitana.

«E *per caso* aveva delle medicine nella borsa?»

«Non è cattiva.»

«Lo sembra, qualche volta...» ho risposto.

Il discorso è finito lì e io e Jaco non ne abbiamo più parlato, anche se abbiamo trascorso insieme gli ultimi giorni di vacanza in Accademia.

«Sei pronta ad affrontare tutto quello che ti aspetta?» mi ha chiesto una notte, mentre guardavamo un film sul computer, sdraiati sul mio letto.

«Non lo so... tu?» ho chiesto.

Lui ha appoggiato la testa sulla mia spalla, e d'istinto gli ho passato la mano tra i ricci.

«No. Ma a me non piace essere pronto, nelle cose.»

Non ero pronta, comunque. Soprattutto, non lo per quello che sarebbe accaduto appena tre mesi dopo, per colpa di Alyce. Per quanto fosse stata con noi poco tempo, trascorrendo gran parte della vacanza per i fatti suoi, oppure a casa malata, comunque non le era sfuggito quanto io e Jaco fossimo legati. Perché sì, tra me e lui quel dicembre c'era stato qualcosa. E se avesse avuto qualche dubbio, la conferma le era arrivata proprio a Capodanno, appena dopo la mezzanotte: lei era accanto a noi quando Jaco mi ha abbracciata e poi baciata.

Alyce aveva visto un bacio, ma non sapeva davvero nulla di me e di lui, non aveva idea di cosa ci legasse, non immaginava quanto fosse tutto più complesso. C'era molto di più, ma non le importava. Quel bacio sotto il cielo stellato del primo giorno dell'anno le è bastato.

E Jaco è il secondo dei sette ragazzi: prima il giovane professore, poi il mio migliore amico. Un nome in più nella lista per dimostrare quanto fossi meschina...

4

Ha usato ciò che ha visto a Capodanno per scatenare l'odio contro di me. Ha preso quel bacio e tutto quello che ha scoperto sul mio conto e ci ha costruito sopra una complessa bugia, partendo da quella prima diceria secondo cui avrei avuto una storia con un professore. E l'ha fatto per distruggermi. Dopo la live ho capito cosa aveva in mente: la mia espulsione dall'Accademia. E ci è riuscita, quasi.

Quattro giorni. È il tempo che ho resistito, sentendomi morire dentro a ogni occhiataccia, a ogni mezza frase bisbigliata alle mie spalle, a ogni insulto. Mi sedevo a tavola, in mensa, e intorno a me si formava il vuoto. E poi il silenzio, quello ogni volta era come uno schiaffo: entravo in aula e le persone improvvisamente smettevano di parlare. Nei DM e nei messaggi no, invece: attraverso lo schermo erano ancora tantissimi quelli pronti a scrivermi ciò che pensavano di me. Non riuscivo a studiare, non riuscivo ad allenarmi. Non riuscivo neppure a ballare. L'odio che mi circondava era ovunque, mi toglieva l'aria, e si era anche insinuato dentro di me. Ho smesso di dormire e di mangiare. Ma il momento più difficile è arrivato quando ho letto i messaggi sotto il profilo di Giuli: **la difendi e non meriti nulla di meglio**.

Ho letto quello e ho spento il cellulare, con gli occhi pieni di lacrime.

Giuli mi è stata vicina.

Jaco no, lui ha preso le distanze. C'entrava ovviamente tutto il casino montato da Alyce, ma non era solo quello. Come ho già detto, ciò che c'era tra me e lui era intenso e complicato. E a gennaio, dopo il bacio di Capodanno, ci stavamo allontanando. È una storia lunga – ci arriveremo dopo – fatta di malintesi, scelte rimandate o mai prese. Comunque eravamo amici e compagni di Accademia, ma quando a marzo il mondo intero ha cominciato a odiarmi, tra noi ormai non c'erano più baci sotto le stelle. E lui ha fatto un passo indietro.

Giuli, invece, ha continuato a comportarsi come sempre, normalmente. Veniva a lezione con me, camminava al mio fianco lungo i corridoi, mi rivolgeva la parola. E questo è stato sufficiente a trascinarla nel fango. Stavo rovinando la mia migliore amica. E non potevo permetterlo.

È stato uno dei giorni peggiori della mia vita, quello in cui ho incontrato la dirigenza dell'Accademia. Sapevano cosa era successo e volevano ascoltare anche la mia versione dei fatti.

Mi hanno chiesto cosa mi sentissi di fare, e io ho capito che erano sinceri. Alla direttrice interessava davvero il mio bene.

«Non posso continuare» ho detto. Era vero, non ce la facevo più. Desideravo solo tornare a casa mia, allontanarmi da tutto, prendere le distanze da quell'incubo.

«Mi ritiro» ho detto.

La direttrice è rimasta in silenzio per un po', riflettendo sulle mie parole. Poi mi ha proposto di prendermi del tempo per capire quale fosse la scelta giusta.

«Lascia che la situazione si calmi, poi deciderai.»

Le ho ricordato che là fuori un bel po' di gente era convinta che fossi un mostro e che andassi punita severamente; lei, senza scomporsi, ha risposto che per quanto la riguardava potevano anche credere che io fossi stata espulsa.

Lasciare l'Accademia è stato durissimo. Avevo lottato per entrarci, avevo dato tutto. E mi trovavo a dover rinunciare per una serie di accuse orrende e ingiuste. Sapevo che avrei potuto tornare, ma quel giorno nel mio cuore credevo fosse finita per sempre. Me ne sono andata con quello spirito, portandomi sulle spalle il peso di un addio dato male, nel modo sbagliato.

Uscita dalla presidenza, ho attraversato i corridoi della scuola, per recuperare le mie cose. In molti mi hanno guardata in silenzio, ma per la prima volta non ho visto solo odio. C'era stupore e incredulità. Come se, dopo giorni di "devi sparire", il fatto che infine me ne andassi davvero fosse un brusco risveglio.

Sì, quattro giorni di insulti online avevano avuto conseguenze anche nella vita reale.

Penso che tanti miei compagni di scuola abbiano creduto che fossi stata espulsa. Vedermi andare via, però, aveva anche instillato il dubbio in qualcuno: lo meritavo davvero? Che ne sapevano, in fondo, di ciò che era accaduto? Alyce aveva raccontato molte cose che non la riguardavano direttamente. E se si era sbagliata?

I messaggi sono diminuiti: forse alcuni erano dubbiosi, quasi sicuramente molti hanno smesso di insultarmi per le ragioni opposte, perché soddisfatti di avermi vista punita. Avevano ottenuto ciò che volevano.

###

Ho vissuto giorni terribili. Ero tornata a casa, nell'unico luogo in cui mi sentivo al sicuro, ma la solitudine mi tormentava ogni istante. Avevo scelto io di andarmene, è vero, ma ciò che mi aveva portata a quella decisione non dipendeva da me.

Poco alla volta, al dolore e alla delusione si è mescolata la consapevolezza di aver subito un'ingiustizia. È qualcosa che brucia, ti logora dentro.

Mi sono documentata, ho scoperto che ciò che mi

Sette
@sette

... la solitudine mi tormentava ogni istante.

... la solitudine

mi tormentava

ogni istante.

era successo era *sbagliato*, nel senso più letterale del termine. Non puoi inventare storie su una persona e urlarle al mondo per distruggerla. Quella cosa si chiama calunnia, ed è illegale, soprattutto se fatta per nuocere a qualcuno.

La mia famiglia ha cercato di starmi vicino in ogni modo, ma nulla poteva migliorare la situazione. Li vedevo dedicarsi totalmente a me, ma i loro infiniti sforzi per farmi tornare serena erano inutili, e questo non faceva altro che spingermi sempre di più nella depressione. Mi sentivo un peso, anche per loro.

Per giorni non mi sono alzata dal letto, sono rimasta in pigiama, a piangere. Non avevo più un obiettivo, una direzione. Non sapevo cosa fare della mia vita. Giuli mi scriveva ogni giorno, Martina mi telefonava per raccontarmi dei suoi esami in università. Marco ed Enrico, gli amici con cui sono cresciuta, passavano regolarmente a trovarmi. Ma il mio problema era immensamente più grande, e nessuno avrebbe potuto aiutarmi, in nessun modo.

Il momento peggiore è stato quando, dopo tre giorni che me ne stavo chiusa in camera, mia sorella Lisa, la più piccola della famiglia, è venuta da me e, senza dire nulla, si è sdraiata al mio fianco, abbracciandomi e piangendo. Era ancora una bambina e non meritava una cosa del genere.

Il senso di colpa si è aggiunto alle infinite sensazioni negative che già si mescolavano dentro di me, togliendomi il fiato. Non volevo che il mio dolore diventasse anche quello della mia famiglia, ma non sapevo come fermarlo.

Sono arrivata a pensare che avessero ragione: ero un mostro.

In fondo, stavo facendo soffrire le persone che più amavo al mondo.

Ora, a un anno di distanza, so che è stata dura per tutti, ma senza di loro non ce l'avrei fatta. Ho anche capito che quando ami davvero una persona, è inevitabile che accada: nel bene e nel male, si è uniti. Ed è giusto così.

###

Per una settimana non sono praticamente uscita da camera mia. Anzi, non mi sono mai allontanata troppo dal mio letto, l'unico angolo di mondo che mi sembrava accogliente e sicuro.

Poi sono diventata l'ombra di me stessa, trascinandomi per casa. Muta, pallida, con gli occhi rossi e gonfi.

Mi è capitato di sentirmi dire, da chi mi conosceva solo superficialmente, cose tipo: «Dai, in fondo non è successo nulla di grave». È vero, se valutiamo la faccenda sulla scala delle disgrazie della vita, avete ragione. Ero sana, le persone che amavo erano al mio fianco. Dire "non è successo nulla", però, no. Mi dispiace, ma venire aggrediti da centinaia, migliaia di messaggi d'odio è di una violenza che comprendi solo quando ti capita. E rispondo subito a chi magari ora sta pensando che io stia facendo la vittima. Ricordo che a smuovere quell'odio è stato un racconto di fatti ed eventi riportati per sentito dire, con molte inesattezze e alcune bugie. E che le conseguenze di quel gesto sono state terribilmente reali: ho dovuto lasciare l'Accademia e ho seriamente rischiato che i miei progetti, i miei sogni e ciò che stavo costruendo venissero distrutti per sempre, in maniera irrimediabile.

E se anche avessi sbagliato qualcosa, parliamone. Davvero può essere una soluzione ricevere tutto quell'odio? Cosa vi aspettavate, che replicassi con una live per spiegare la mia vita pubblicamente, coinvolgendo comunque altre persone?

Non l'avrei fatto, non mi sarei giustificata per colpe che non avevo. In quei primi giorni, comunque, non ne avevo neppure le energie.

Ma la verità è che la vita non si ferma e che dentro di noi abbiamo risorse che scopriamo solo nel momento del bisogno. Dopo tre settimane, stavo ritrovando me stessa, anche grazie agli amici che mi sono stati vicino. E ho trovato la forza di fare un passo che all'inizio non avrei immaginato possibile. Sono andata in Accademia per parlare con i professori e rivedere le persone che nelle settimane precedenti avevano continuato a scrivermi e a telefonarmi. È stato strano e anche naturale allo stesso tempo. Sapevo di meritarmi quel luogo, perché l'avevo dovuto lasciare per qualcosa che non dipendeva da me.

Ci sono andata una volta e ci sono tornata qualche giorno dopo, perché era arrivato il momento di decidere. A quel punto, però, dentro di me qualcosa era cambiato. In qualche modo avevo capito che non mi sarei lasciata distruggere. Non me lo meritavo, i miei sogni erano più forti dell'odio. Avevo ancora tanto da fare, da studiare, da imparare per migliorare.

E davanti alla dirigenza riunita per valutare la mia situazione, l'ho detto: ero pronta a tornare.

5

Ironicamente, uno dei primi ragazzi che ho incrociato il giorno in cui sono tornata per ricominciare i corsi è stato Franci, il terzo di cui ha parlato Alyce.

Ci sarei finita a letto poco dopo il professore, dopo qualche mese dal mio ingresso in Accademia, secondo il suo racconto.

Lui mi ha vista, ci siamo guardati senza dirci nulla, e ho ripreso a camminare per la mia strada, diretta verso l'aula in cui avevo lezione.

Ma torniamo indietro di circa un anno, a quel primo periodo da studentessa. Avevo chiarito con il giovane professore che tra noi non ci sarebbe stato nulla. E, in generale, ero decisa a non lasciarmi coinvolgere in alcuna relazione.

Uscivo da una storia lunga, non proprio finita nel migliore dei modi, e non avevo alcuna intenzione di impegnarmi di nuovo. A volte, dopo una delusione, decidi di concederti un attimo di pace. Sai che succederà ancora, t'innamorerai, vivrai di nuovo giorni pazzeschi e sicuramente ti ritroverai anche a piangere per una notte intera sdraiata nel tuo letto, con il cuore a pezzi... Accadrà, lo sai. Ma ti dici: "Non subito".

Però non puoi tagliare fuori dalla tua vita i sentimenti, è ovvio. Puoi fare mille buoni propositi, ma poi non sei davvero tu a decidere.

Qualche volta me lo sono chiesta: perché è così complicato?

Ora so che è facile, quando hai la fortuna di incontrare la persona giusta. Ai tempi ancora non l'avevo capito, o forse l'avevo solo intuito.

Comunque, volevo concentrarmi sullo studio, dedicarmi alla scuola. Uscivo poco, mi svegliavo presto, tenevo un'agenda iper organizzata con la lista delle cose da fare, giorno dopo giorno. Era il mio modo per evitare distrazioni.

Ed è quello che ho fatto, solo che a lezione di ballo con me c'era lui, Franci. Biondo, occhi neri, silenzioso e affascinante. Bello, lo ammetto. Mi piaceva, come a tutte le altre ragazze del corso, d'altronde. Era piuttosto popolare, difficile non notarlo.

Avete presente quando vedete un ragazzo e pensate "wow", senza necessariamente immaginare che tra voi potrebbe accadere qualcosa? Ecco, infatti non l'ho cercato, non sono stata io a fare il primo passo verso di lui.

Eravamo lì, insieme, per ballare. E insieme abbiamo ballato. È successo un pomeriggio tardi, mentre fuori il sole già calava e molti ragazzi avevano finito le lezioni. Ho fatto partire la musica lenta su cui stavo lavorando, e lui è comparso al mio fianco, inaspettatamente. Mi ha messo le mani sui fianchi e mi ha guardata negli occhi senza dire nulla. È stato bello; ho sentito che stavamo facendo qualcosa di buono, non era più una semplice ripetizione dei passi. La musica ci vibrava dentro, legandoci con una sintonia rara.

A volte non è necessario usare le parole per capirsi, e con Franci mi bastava uno sguardo, un'occhiata, un cenno del capo. La musica ci univa.

È nato tutto da quello. Ci siamo ritrovati in palestra altre volte e abbiamo continuato a studiare la coreografia in previsione dell'esame a fine semestre, perché insieme eravamo meglio che da soli. Ballavamo, e sembrava che tutti gli altri intorno sbiadissero, tanto la nostra sintonia era potente. Se fossimo stati i protagonisti di un film, sarebbe stato il perfetto inizio di un'indimenticabile storia d'amore, invece eravamo solo due ragazzi con una grande passione per la danza. Dico "solo" perché la realtà, a volte, è più semplice rispetto ai finali perfetti che ci immaginiamo. Non voglio sminuire ciò che è accaduto, comunque, perché con Franci ho vissuto momenti unici.

Ed è buffo, perché tutto è iniziato per caso, con lui che comincia a ballare con me, e solo dopo abbiamo capito che tra noi funzionava. Non so che cosa gli passasse per la testa in quei momenti, cosa pensasse di me, cosa provasse. Non me lo sono mai chiesto e ho evitato di domandarglielo espressamente. Forse avevo un po' paura di rovinare la magia.

«Ti piaccio» mi ha detto una volta Franci. Era quasi una domanda, ma non proprio. Il suo modo di chiedere e affermare nello stesso tempo diceva molto di lui, di come fosse sicuro di sé.

Io ci ho pensato. «Mi piace quando balliamo» ho risposto.

Era vero, in quel momento.

Le cose sono cambiate poco alla volta, lentamente, senza quasi che ne fossi del tutto consapevole. Forse è stato per il tempo trascorso insieme, per come con lui tutto mi risultasse semplice, perché insieme eravamo *belli*, migliori di quando ballavamo da soli. Potrei continuare a cercare ragioni all'infinito, senza mai avere la certezza di capire.

Di sicuro, giorno dopo giorno, siamo diventati più di due semplici compagni di corso. Ci siamo conosciuti davvero, raccontandoci infinite piccole cose di poca importanza. Perché credo che ogni persona sia un mosaico di pezzi che singolarmente non dicono nulla, ma ricomposti la rendono unica. Siamo fatti di dettagli.

Franci mi ha raccontato che da piccolo si vergognava di leggere fumetti, e io gli ho rivelato che so ancora a memoria le sigle dei cartoni animati che guardavo da bambina, e che le canto nella testa ogni

A volte non è
necessario usare
le parole
per capirsi...

volta che sono nervosa; lui mi ha detto il suo gusto preferito di gelato, e io gli ho confessato perché mi piacciono i calzini a righe; lui mi ha svelato perché evita di camminare nel punto in cui due piastrelle si toccano... Quante minuscole informazioni bisogna raccontarsi prima di poter dire di conoscersi veramente?

«Sara, tu perché balli?» mi ha chiesto un pomeriggio. Eravamo sdraiati in palestra a riprendere fiato: le nostre teste vicine, braccia e gambe contro il legno fresco. A volte c'erano quei momenti sospesi, in cui sapevamo di poter stare in silenzio ma anche dirci qualsiasi cosa.

La sua domanda mi ha sorpresa. Franci sembrava sempre serio, molto concentrato su se stesso, ma dietro quell'espressione imperscrutabile si nascondevano pensieri complessi. Poteva farti domande complicate, di quelle per cui magari non esiste neppure una risposta.

«Mi rende felice...» Era l'unica risposta che mi sembrava sensata.

Lui si è voltato verso di me, sollevandosi sul braccio e fissandomi negli occhi. «E cos'altro ti rende felice?»

In quel momento ho capito che avrei potuto baciarlo, se avessi voluto.

Lo desideravo?

Una parte di me, sì.

Franci aveva quella bellezza che ti annebbia i pensieri. E poi, ballare insieme è qualcosa che ti lega, tanto che baciarlo sembrava la cosa più naturale del mondo. In qualche modo avevamo già superato quel confine, mentre ci stringevamo pelle contro pelle e lui appoggiava le mani sui miei fianchi, sollevandomi per poi farmi toccare di nuovo terra tra le sue braccia.

Non ci siamo baciati quel giorno, però.

Provavo attrazione, tra noi c'era un legame, ma l'amore – o quella infinita serie di sfumature che lo precedono – è un'altra cosa. E sapevo che Franci non era la persona giusta per me. Era un ragazzo incredibile per tantissimi motivi, era talentuoso, simpatico, intelligente, e mi piaceva trascorrere il tempo con lui. Ma tutto questo non è sufficiente per parlare di amore. Così, quel pomeriggio, mi sono alzata in piedi e ho riacceso la musica.

E poi, in una serata di festa, è successo. Il bacio, parliamo di quello.

Era il compleanno di Leila ed eravamo tutti invitati in un locale non troppo lontano dall'Accademia. C'eravamo trovati lì presto, ma parecchio dopo la mezzanotte nessuno dava ancora segno di voler tornare a casa. Era una di quelle notti strane, in cui il tempo si dilata e tu smetti di controllare l'ora. Ti dimentichi proprio che arriverà un'alba. Abbiamo bevuto, abbastanza da smettere di preoccuparci della mattina dopo. C'erano tutti i miei compagni di corso, e c'era anche lui. Ma io ho passato la serata con gli

Sette
@sette

In quel momento ho capito che avrei potuto baciarlo, se avessi voluto.

In quel momento

ho capito che avrei potuto baciarlo,

se avessi voluto.

altri. Abbiamo chiacchierato di infiniti argomenti e tutti sembravano importantissimi fino al momento di dimenticarcene e passare a parlare d'altro. Si è riso, molto, e scherzato.

E, dopo che Giuli mi ha detto: «Vado a casa», Franci è comparso accanto a me. Come se fosse sbucato dal nulla.

«Quindi?» ha chiesto con un sorriso un po' storto.

«*Quindi* cosa?»

«Cosa ti rende felice?»

Questa volta però non ha aspettato la risposta. Si è chinato lentamente verso di me, ho sentito la sua mano sul collo e poi le sue labbra sulle mie.

Sul marciapiede fuori dal locale ci siamo baciati, e so che probabilmente è rimasto un bacio solo per la situazione. Lo so perché ricordo le sue mani cercarmi e correre lungo la mia schiena.

Sarebbe stato uno sbaglio.

È stato bello così; è stato giusto non andare oltre.

E, nonostante tutto quello che è stato raccontato, Franci è stato il primo ragazzo con cui è successo *qualcosa,* in Accademia.

###

Le cose tra noi non sono cambiate, dopo. Abbiamo continuato a ballare e i risultati si sono visti. Eravamo bravi insieme, lo dicevano i professori. Che avremmo superato l'esame era scontato, tanto che ormai ci stavamo chiedendo quanto sarebbe stato alto il nostro voto.

Non posso parlare per lui, ma ho l'impressione che provassimo qualcosa di simile, reciprocamente: una forte attrazione, verso cui però avevamo preso decisioni diverse. Per me era ok il bacio di una notte, lui forse avrebbe voluto andare oltre.

Non mi sfuggiva il modo in cui mi guardava, la tensione che si accendeva tra noi con la musica.

Ho finito per credere di piacergli, ma mi sbagliavo.

«Belli voi» ha detto un giorno Leila, alla fine di una lezione. Sì, gli altri "vedevano", e molti in Accademia pensavano che stessimo insieme. C'era qualcosa di vero, in effetti: stavamo *sempre* insieme, nel senso che trascorrevamo tanto tempo noi due soli, per una cosa o per l'altra. A vederci da fuori sì, sembravamo fidanzati.

È strano, lo so. Dentro di me, in fondo, continuavo a sapere che non era la persona giusta, ma poi per mille ragioni sembrava che a unirci fosse più di un'amicizia.

«Non c'è alcun "noi"» ha ribattuto Franci a quel "belli voi" di Leila.

Aveva ragione, non c'era.

Perché stare insieme ha un significato ben preciso. Per quanto le persone ci vedessero uniti, tra noi c'era stato poco più che un bacio. Avrei comunque potuto spingermi oltre, magari anche solo perché ci stava in quel momento preciso, e non ci sarebbe stato nulla di male. Resto convinta che una ragazza sia libera di fare ciò che sente, finché non soffre o non fa soffrire gli altri. Ma no, non è successo. Eravamo vicini, legati, ma non fidanzati.

Dopo tutta questa vicenda, me lo sono chiesta: che cos'ero io per lui?

Penso che l'attrazione fosse reciproca e mi piace pensare che anche l'affetto lo fosse. E poi c'era il ballo: insieme eravamo pazzeschi. Tutto questo, però, non bastava a fare un "noi".

Ciò che ho scoperto qualche settimana dopo, per caso, ne è una dimostrazione.

Comunque questa è la mia storia, quello che è successo tra me e Franci.

Non riguarda in alcun modo Alyce, che però non si è fatta alcuno scrupolo a mettere insieme pettegolezzi e dicerie. Ha sostenuto che io e Franci stavamo insieme, e mi ha accusata di averlo tradito con un altro ragazzo. Ha banalizzato la verità fino a renderla irriconoscibile, per potermela ritorcere contro.

6

Immaginate le persone come quei modellini per bambini che replicano il sistema solare: qualcuno è un pianeta, qualcuno una stella, altri sono satelliti. Non c'è né bene né male, ognuno attraversa lo spazio sulla propria traiettoria. In alcuni periodi ci si avvicina, in altri ci si allontana. A differenza dei corpi celesti, però, le persone hanno un cuore pulsante, che complica tutto. Non è facile trovare la giusta distanza: a volte avvicinarsi troppo non funziona, e allora rimetti lo spazio perduto; altre volte, invece, ti fa stare bene, e allora vorresti restare a osservare l'altro e raccontare ogni tuo pensiero. Se poi trascorrete insieme tantissimo tempo, diventa persino più difficile capire cosa è giusto e cosa è sbagliato. E un parere esterno, con una prospettiva diversa, può essere di grande aiuto.

Per me quel punto di vista diverso è arrivato da Luca, studente di recitazione in Accademia di un anno più grande di me, con cui seguivo un seminario dedicato a Shakespeare.

Un giorno me l'ha semplicemente detto. «Guarda che finirete per farvi male.» Nessun preambolo, nessuna introduzione. Così, dritto al punto.

«In che senso?»

Io e lui chiacchieravamo come due compagni di corso, nulla di più. Non ci eravamo mai spinti a raccontarci qualcosa di personale, per esempio. Quindi era strano che mi parlasse di una cosa così privata, e l'ho guardato perplessa.

«Nel senso che a un certo punto devi decidere: vi piacete e provate a stare insieme, oppure no. L'una o l'altra. Nel mezzo, qualcuno si fa male» ha aggiunto, senza smettere di guardarmi.

Sulla teoria ero assolutamente d'accordo. Non ero sicura, però, che fosse applicabile anche a me e Franci. Mi pareva che tra noi le cose fossero abbastanza chiare. Magari complicate da spiegare, poco definibili con le solite categorie di "stiamo insieme" o "siamo amici", ma comunque limpide per me.

In ogni caso, la franchezza di Luca mi ha colpita. Si era fatto un'idea molto precisa su quel che stava accadendo tra me e Franci, ma mai aveva dato segno di esserne interessato, neppure minimamente. Era un tipo abbastanza silenzioso, capace di stare sulle sue.

Quindi che ci avesse osservato e si fosse anche sentito in dovere di mettermi in guardia, mi ha sorpresa.

Se ora vi dicessi che io e Luca abbiamo cominciato a vederci sembrerebbe più strano di quel che è stato in realtà. Frequentavamo la stessa Accademia, insieme a decine di altri ragazzi, amici, compagni di corso. Con lui condividevo il piacere di dire le cose come stavano.

Ci è capitato di uscire insieme, a volte soli, a volte con altri.

Ci siamo avvicinati nel momento in cui lui ha dimostrato di preoccuparsi di ciò che stavo facendo; era pronto a darmi un'opinione sincera proprio quando ho cominciato a domandarmi se la relazione tra me e Franci avrebbe mai potuto trasformarsi in altro.

Luca era l'amico di cui avevo bisogno in quel periodo, mentre cercavo di fare ordine tra i miei sentimenti.

Lui mi raccontava ciò che stava vivendo e io gli davo la mia opinione; lui faceva lo stesso con me, ed entrambi ce ne tornavamo a casa con qualche certezza in più.

Luca era interessante. All'apparenza distaccato, per nulla competitivo, aveva un approccio alla vita diversissimo rispetto a qualsiasi altro ragazzo che avevo conosciuto. Molto schietto, ti diceva sempre quello che pensava guardandoti negli occhi. Non cercava mai di mettersi in mostra, era come se non ne avesse bisogno. Un atteggiamento strano, in Accademia, dove tanti volevano primeggiare e c'era la spinta fortissima a essere i migliori, in tutto.

Era quella sua indole a renderlo abbastanza saggio da aver notato che tra me e Franci c'era un'ambiguità di fondo. Aveva ragione, ovviamente, ma spesso questo non basta. Luca mi dava buoni consigli, ma si sa che anche le più sensate raccomandazioni servono a poco, a chi non vuole ascoltare.

«Assicurati sempre che le persone che ti circondano sappiano esattamente cosa pensi di loro, non creare illusioni» mi aveva detto. «Chi scopre di essere stato illuso poi reagisce male.»

Era il mio caso, ma in quel momento non avevo ancora le idee chiare.

Franci, invece, le aveva: io e lui non formavamo alcun "noi". Non l'avevo capito, ma la più pericolosa ambiguità in verità la stavo lasciando con lui, Luca, non con Franci. Il nostro rapporto stava crescendo, facendosi più forte. E io avrei dovuto evitare che si creassero malintesi.

Come spesso accade, è la vita a spingerti a prendere decisioni, anche se tu cerchi di evitarlo.

In primavera, in occasione della Pasqua, la scuola ha chiuso per qualche giorno di vacanza, e Franci ha deciso di andare al mare con amici.

«Con chi vai?» gli ho chiesto una sera, uscendo dall'Accademia.

Lui si è fermato, sollevando gli occhi al cielo.

«Amici» ha risposto.

La mia domanda non voleva avere nulla di inquisitorio, era solo una cosa detta così, soprappensiero.

Ma la sua risposta ha avuto il tono secco di una porta che si chiude. Sapeva di bugia, di “non sono affari tuoi”, di “ho qualcosa da nascondere”. Mai ci avrei pensato, se non avesse detto quelle parole.

Ma quel breve scambio di frasi mi ha fatto capire una cosa importante: Franci avrebbe potuto dire una mezza verità, spendendo il nome di qualche amico. Avrebbe persino potuto ammettere che partiva con una ragazza (no, non partiva con alcuna ragazza, tra l’altro). Ci sarei rimasta un po’ male, ma avrei tratto le mie conclusioni.

La sua risposta voleva recapitare un messaggio ben preciso: “Sara, non chiedere. Non sono affari tuoi”. Che poteva anche essere vero, ma gettartelo così in faccia è piuttosto brutale.

Fallo pure se è il tuo stile, ma poi io mi faccio un’idea sul tipo di persona che sei.

###

Sì, è andato al mare con i suoi amici, e si è divertito, ovviamente.

Alyce ha raccontato molti dettagli delle vicende che mi riguardano, ma qualcosa ha scelto di ometterlo, e con una certa furbizia. Lei frequentava quel giro di ragazzi, quindi non posso credere che non sapesse che in quel viaggio, e probabilmente in quel periodo in generale, Franci usciva anche con altre ragazze. O, comunque, si sentiva libero di farlo.

So che ce n'è stata una. Non ho idea di chi sia, non ho mai scoperto il suo nome.

Della sua esistenza, però, ne sono assolutamente certa, perché, appena rientrati a scuola, ero in mensa con Franci e altri ragazzi quando ci ha raggiunti un suo amico, con un sorriso enorme. Si è seduto al tavolo con noi, cominciando a chiacchierare delle vacanze e di tutto quello che era successo. Avete presente quando non vedete l'ora di raccontare ai vostri amici un'avventura pazzesca? Ecco! Ma a un certo punto si è voltato verso Franci e ha detto: «E la tipa con cui sei stato l'altra sera?».

Io sono rimasta muta e immobile, letteralmente incredula. Franci ha interrotto quella conversazione con una risatina e ha cambiato argomento. Fine della questione, per lui.

A quel punto ne ho avuto la conferma: Franci non provava nulla per me, non in *quel* senso, perché essere innamorato significa che ti basta una sola persona. Lui, evidentemente, non la pensava in quel modo; per lui eravamo amici ed era bello ballare con me, tutto qui.

Lo dico con assoluta serenità, soprattutto ora, a molti mesi dall'accaduto. Franci era libero di fare ciò che voleva, e in fondo me l'aveva detto. Sì, tra noi c'era affetto, attrazione, ed era bello ballare insieme, ma finiva lì. Ciò che può accadere tra due persone è complicato come quando osservi quei quadri astratti senza riuscire a comprendere e a spiegare le emozioni che suscitano. E, ancora oggi, sto male al pensiero di come Alyce, in quel suo racconto, abbia appiattito tutto, banalizzato, tolto ogni sfumatura. Per lei io e Franci siamo usciti insieme, finché non ho cambiato idea e ho cominciato a uscire con Luca. Fine.

E ha tratto tutte le sue conclusioni, condividendole con chiunque avesse voglia di indignarsi e puntare il dito contro *il mostro*.

E Franci?

Me lo sono chiesta: perché è rimasto zitto, quando è stato coinvolto in quella storia?

Lui e Alyce si sono parlati?

Lei ha provato a chiedergli cosa fosse accaduto?

Non potrò mai saperlo, ma sono certa che ad Alyce non interessava la verità – per quale ragione avrebbe dovuto? –, lei aveva un altro obiettivo in testa: distruggermi.

E Franci, esploso il casino, non si è esposto: non ha negato né confermato nulla.

Perché avrebbe significato ammettere che forse tra noi sarebbe potuto nascere qualcosa, ma che non eravamo mai arrivati a parlare di un "noi". Eravamo così tanto poco "noi" che c'erano altre ragazze.

Ma chi ha voglia di raccontare pubblicamente una cosa del genere?

Chi ha voglia di dire "sì, la frequentavo, ma intanto vedevo anche altre"? Parlare dei fatti propri, soprattutto se si tratta di vicende così personali, è uno schifo. E nessuno lo sa meglio di me.

... perché è rimasto zitto,
quando è stato

coinvolto

in quella storia?

###

Ma torniamo a quel periodo, a quando Franci è partito con i suoi amici e io sono rimasta con un gruppetto di compagni senza grandi programmi. Una sera eravamo a cena a casa di un ragazzo del corso di canto, una decina di persone sparse per il salotto, una di quelle situazioni un po' caotiche, per nulla organizzate, però divertenti; immaginate un gruppo di ragazzi con piatti di pasta in mano e bottiglie di birra sparpagliate sul pavimento. La mia in particolare era finita, così mi sono alzata e sono andata in cucina a prenderne un'altra. E lì ho trovato Luca, tutto solo, appoggiato al frigorifero.

«Cosa fai?» ho chiesto.

«Aspettavo» ha risposto.

Lui è esattamente quel genere di ragazzo che nel mezzo di una festa sceglie di starsene per i fatti suoi e se ne va in cucina. E questo aspetto mi incuriosiva.

Poi si è avvicinato, e ciò che aveva in mente era chiarissimo. Tra noi c'erano state troppe chiacchiere, confidenze, sguardi, sorrisi. Ed è vero, lo ripeto, ho sbagliato: avrei dovuto essere più chiara, non lasciare ambiguità tra me, Franci e Luca.

Ma ho rimediato ai miei errori in quel momento, in cucina. Perché lui si è avvicinato e io mi sono scostata. È stato un movimento impercettibile, lo spazio di qualche centimetro. E su quel gesto la nostra amicizia si è concretizzata, sicura.

Amicizia, non altro. Nessun bacio tra me e Luca.

###

Lui, la schiena contro il frigo, le braccia incrociate, la felpa grigia di una taglia di troppo, una bottiglia di birra vuota accanto, e poi io, che faccio un passo indietro: un istante che riguardava solo noi, ma intanto un'amica del padrone di casa ci guardava dalla soglia della cucina.

«Ah, scusate» ha detto con una risatina.

Non aveva nulla di cui scusarsi, comunque. O meglio, non in quel momento, ma per ciò che ha fatto dopo sì. Perché quella notte aveva il cellulare in mano e ci ha immortalati in un video.

Poi l'ha anche mostrato in giro. Ha raccontato ciò che le era sembrato di vedere, sentendosi nel giusto, perché finalmente poteva rivelare la verità. Io ero quella poco seria: Sara che balla con Franci, e poi Sara che bacia Luca, spezzando il cuore a entrambi. Mi sorprende sempre scoprire come le persone siano assolutamente certe di sapere tutto della vita degli altri, quando io per prima a volte fatico a definire in maniera precisa ciò che sento dentro, a vedere me stessa.

Un video registrato da qualche metro di distanza le era bastato per capire tutto; in effetti, riprendendoci da dietro, poteva quasi sembrare che ci fossimo baciati, ma non è andata così.

Immagino che trarre conclusioni sia più facile che scoprire che cosa è successo davvero. E che sia gratificante sentirsi l'unica persona capace di difende la giustizia e punire la colpevole, quella che fa soffrire i ragazzi. Ti fa stare bene.

Non poteva non intuire che cosa sarebbe successo, non poteva ignorare il male che mi avrebbe fatto. Faccio un grande sforzo e cerco di convincermi che abbia agito in buona fede, pensando di difendere un amico – sì, lei e Franci erano amici – forse con un po' di leggerezza.

Mi aggrappo a questo, perché immaginare diversamente fa male.

###

Che ci fosse un video, però, l'ho scoperto dopo.

Prima, quando ancora pensavo che quel bacio tentato ma mai accaduto coinvolgesse solo me, Franci e Luca, sapevo che era necessario un chiarimento. Perché non sono il mostro che Alyce ha descritto.

Ho ancora i messaggi inviati a Franci al suo rientro dalla vacanza con gli amici: **Ti devo parlare, con urgenza**.

Volevo raccontargli ciò che era successo quella notte, perché era stato strano. Volevo che lo sapesse e, ancora più importante, che lo sapesse da me.

Chiamami, ho scritto.

Quando lui ha risposto, mi ha dato appuntamento in palestra.

Possiamo parlare solo noi due? ho chiesto.

Sì, ma in palestra.

Mi sono fidata, ma evidentemente quel video è arrivato prima di me.

Mi sono ritrovata circondata da persone e ho subito provato un forte senso di disagio. L'istinto me lo diceva, che era sbagliato.

Io e Franci ci siamo guardati, poi lui si è avvicinato e, per un secondo, è sembrato che volesse baciarmi, lì davanti a tutti. In realtà ha sollevato il cellulare e fatto partire il video.

E in quel preciso momento ho capito quanto è facile passare per la cattiva della situazione. Non importava che non ci fosse stato alcun bacio, non importava che fosse stato Luca ad avvicinarsi a me, e che io avessi fatto un passo indietro. Non importava neppure che io e Franci non stessimo davvero insieme, e che lui in vacanza era stato con un'altra. E nessuno si è posto il problema di quanto fosse stato scorretto riprendere di nascosto due persone e mandare in giro il video. Nulla aveva importanza, perché in quel momento serviva il mostro.

Era arrabbiato, Franci. Tanto da cercare di umiliarmi davanti a tutti.

E questo lo capisco, ma fino a un certo punto.

Non rinfaccerò mai a Franci di non aver voluto far nascere qualcosa di diverso tra di noi: non era innamorato, e su questo non c'è nulla da fare. Infatti, era davvero libero di frequentare altre ragazze.

Però, se anche io mi fossi avvicinata a Luca – cosa

che comunque, in quel caso, non stavo neppure facendo – perché avrebbe dovuto essere un problema? Non capisco.

L'ho già detto, le relazioni sono complesse e piene di sfumature, ma una cosa per me è chiarissima e non può essere messa in discussione: le regole devono essere le stesse, per tutti.

###

Questa storia è diventata così complicata anche perché ha coinvolto una rete di amicizie, rompendo equilibri e rapporti tra persone. Lei, la ragazza del video, era amica di Franci e sentiva di doverlo difendere da me. E poi c'erano Franci e Luca, anche loro amici. Quel tentativo di bacio è stato visto come un tradimento del loro legame. «Ci hai provato con la ragazza di chi ti è sempre stato vicino» hanno rinfacciato a Luca.

La sera in cui Franci ha mostrato il video è stata orrenda, perché da quel momento in Accademia nessuno ha più voluto parlarmi, solo Giuli mi è rimasta vicina. Ma i giorni seguenti sono stati persino peggio.

Io e Luca siamo passati dalla parte del torto. Ci hanno isolati, tagliati fuori.

Eravamo soli, io e lui, e non è così sorprendente che poi abbiamo finito per ritrovarci. Per esempio, in mensa ce ne stavamo seduti in fondo a un tavolo che gli altri evitavano.

Il vuoto che avevamo intorno ci ha portati a diventare amici per davvero – amici: ancora nessun bacio tra noi, comunque.

Esatto, io, la traditrice senza scrupoli, non l'avevo ancora baciato. Però la situazione che stavamo vivendo rendeva tutto intenso, e pochi giorni valevano come un periodo ben più lungo.

Dopo due settimane è successo.

No, non ci siamo baciati.

Franci deve aver avuto modo di riflettere e ha cambiato idea sul mio conto e su quello che avrebbe potuto esserci tra noi. È tornato da me, ha cercato di riavvicinarsi. Abbiamo parlato a lungo, e so che è stato onesto.

Per me sarebbe stato impossibile però tornare indietro, e non per Luca – perché in quel momento non stavamo ancora insieme – ma perché non potevo dimenticare come aveva cercato di umiliarmi, sollevando il cellulare davanti a tutti invece di cercare un chiarimento in privato. La mia non era una vendetta, per nulla. Ma avevo visto Franci sotto una luce diversa, avevo scoperto che era capace di cose per me sbagliate e crudeli.

Le seconde possibilità sono una cosa strana, richiedono davvero una riflessione su quello che è successo. Non hanno senso, se tu sei esattamente la stessa persona di prima. Serve un cambiamento, per forza, e questo lo sanno tutti. Quel che si dice meno spesso è che sono entrambe le persone a dover cambiare. E io, evidentemente, non ero pronta.

No, non potevo tornare indietro. Di qualunque cosa si fosse trattato, con Franci era finita. Non avremmo più ballato insieme.

###

Dopo aver chiarito le cose con Franci, sentivo di aver fatto ordine dentro di me. E forse, stando meglio io, anche il rapporto con Luca è cresciuto, cambiato. Ha resistito e si è rafforzato nel vuoto che ci ha circondati.

Vedendoci ancora insieme nonostante tutto, i compagni di Accademia devono aver pensato che probabilmente ciò che c'era tra noi non era un capriccio. Forse credevano ancora che avessimo tradito la fiducia di Franci – la solita storia dell'amico e della ragazza che si mettono insieme... –, ma si erano convinti che era stato per un sentimento autentico. E quindi siamo sembrati meno crudeli. O forse hanno solo pensato che non fossimo colpevoli di nulla, anche perché ci comportavamo come chi ha la coscienza a posto.

In realtà, Luca non si era mai lasciato influenzare dagli sguardi, dalle frasi bisbigliate, dalle occhiatacce. Anzi, ha continuato a fare quel che doveva. Si stringeva nelle spalle e andava avanti, lui era fatto così.

Mi piaceva quel lato del suo carattere, era contagioso. E, soprattutto all'inizio, mi ha dato forza.

Mi portava al mare di notte, dove ci sdraiavamo sulla spiaggia a leggere poesie, per poi fare il bagno all'alba. Per lui non esisteva un "non si può". Luca poteva essere un ragazzo di poche parole, all'apparenza freddo, ma in realtà dentro di lui c'era un fuoco che bruciava.

Intenso, ecco come lo descriverei. Seguiva l'istinto ed era poco incline al compromesso. Diceva quello che sentiva.

Con lui sono stati mesi come non ne ho mai vissuti. Nel bene e nel male.

Del male me ne sono accorta poco alla volta, perché è cominciato piano, gradualmente.

Ma più passava il tempo, più capivo che Luca tendeva verso una direzione che non era la mia.

Ricordo una sera, in un locale. Sono andata al bancone a prendere una birra, facendomi largo tra la folla. Per errore ho urtato con il gomito un ragazzo che, dopo essersi voltato, mi ha sorriso e mi ha detto: «Ehi!».

In un secondo Luca era accanto a me, immobile, e fissava il tipo con aria di sfida; voleva difendermi. «Che vuoi?» gli ha detto.

Ci siamo ritrovati circondati dal gruppo di amici del ragazzo. Mi sono intromessa per riportare la calma, perché una discussione di quel genere in un locale pieno di gente non mi sembrava affatto una buona idea. Ho lanciato un'occhiata al tizio, come per dire "ti prego, lascia stare", e lui deve aver capito. Infatti, ha sollevato le spalle e ha detto: «Niente, okay? Non voglio niente». Poi si è voltato e se ne è andato insieme ai suoi amici.

Sono sicura che in quell'occasione Luca non abbia cercato la rissa, perché spesso era mosso da buone intenzioni. E comunque, in generale, non era un attaccabrighe. Semplicemente, se qualcosa non gli sembrava giusto, rispondeva. Questo rischiava di farlo finire in situazioni sgradevoli, però. E non sempre potevano concludersi bene come con quello sconosciuto che, evidentemente, aveva di meglio che mettersi a discutere.

Volevo bene a Luca e credevo di poterlo aiutare a scendere a compromessi, qualche volta. E questo è stato uno sbaglio.

###

L'ho capito sbattendoci contro fino a perdere le speranze: no, non sarei mai stata capace di smussare quella parte del suo carattere, quella che seguiva l'istinto, senza compromessi, quella tanto concentrata sul presente da non guardare troppo al futuro.

Non mi piaceva quel suo modo d'agire d'impulso, non mi piaceva quella confusione che aveva dentro. Con il tempo abbiamo cominciato a discutere, ci siamo persi. Era molto concentrato su se stesso, sui suoi sentimenti, sui suoi problemi, e io mi sono sentita esclusa. Ho capito che eravamo incompatibili, vedevamo la vita da prospettive diverse. Dirgli "è finita" è stato difficile, ma l'ho fatto.

Era l'inizio dell'estate e sono tornata a casa dai miei per qualche giorno, perché vederlo in Accademia era troppo doloroso e volevo concedermi un momento di pausa. Ma lì, lontana da tutto, mi mancava. Lasciarsi non è mai facile, anche quando sai che è la cosa giusta da fare.

Ero con i miei fratelli, i miei genitori, le persone per me più importanti al mondo, eppure pensavo a lui.

Quando un pomeriggio Giuli mi ha chiamata per aggiornarmi delle ultime novità, ho pensato di fargli una sorpresa.

«Giuli, fingi di dovergli restituire degli appunti e dagli appuntamento in Accademia.» Il piano era che, invece di Giuli, ci sarei stata io.

Quando ci siamo ritrovati, non ho più pensato a cosa fare di noi, al futuro della nostra storia, perché mi sarei posta domande di cui non avevo risposte.

L'inizio dell'estate è stato così: giornate al mare e poi serate in giro, fino all'alba, spinti da quella sua irrequietezza. Una mattina il sole stava sorgendo e ha cominciato a cadere una fitta pioggerellina, insolita per quella stagione. Lui ha detto: «Facciamo il bagno», e io sono rabbrividita, chiedendomi cosa stessi facendo.

L'ho osservato spogliarsi e poi lanciarsi in acqua. Si è voltato verso di me, ha visto che non lo stavo seguendo e si è stretto nelle spalle prima di tuffarsi.

###

Non ho trovato la forza di prendere la decisione che stavo solo rimandando fino a quella notte d'agosto in cui ho capito che era tutto finito.

Era tardi, ben oltre mezzanotte, e avevamo passato la serata in un piccolo bar del paese con altri amici, quel genere di posto nato soprattutto per servire i caffè della mattina, con il bancone scuro e i cornetti avanzati sotto la campana di vetro. Avevano messo una vecchia canzone, una hit di qualche anno prima, e il proprietario aveva offerto panini per tutti.

«Andiamo al mare» ha detto Luca, dopo aver posato il bicchiere. Gli altri sembravano d'accordo, l'unica ad avere qualche dubbio ero io.

«Non credo sia una buona idea» ho detto, cercando di ricordarmi quante birre ci avessero servito.

«E perché?» ha chiesto Luca, con tono di sfida.

Conosceva perfettamente la risposta, ma voleva che lo dicessi. «Perché abbiamo bevuto.»

«Sono perfettamente in grado di guidare» ha risposto lui.

Forse sì, o forse no: non ne ero sicura. Non aveva bevuto molto, ma non mi sembrava comunque il caso.

«Non sarebbe molto prudente» ho insistito. Era una discussione senza senso, perché era ovvio che pensava di farcela. Non è proprio questo che fa l'alcol, in ogni caso? Ti illude facendoti sentire più forte e potente di quello che sei in realtà.

«Andiamo» ha detto, mettendo fine alla discussione.

«E se chiamassimo un taxi?» ho proposto.

Lui mi ha lanciato una strana occhiata, ma io l'ho riconosciuta comunque, perché avevo avvertito quella sensazione tante volte. Luca stava pensando: "Eccola, la proposta della ragazza privilegiata, quella che di notte si muove in taxi". Per lui non meritavo neppure una risposta, infatti si è voltato e ha raggiunto gli altri, che intanto erano già alla macchina.

Ci ho riflettuto. Mi sono immaginata lì, immobile, a osservarli mettere in moto e poi partire. Quel mio gesto non lo avrebbe certo convinto a cambiare idea, comunque. Così, ho guardato la strada, una lingua d'asfalto nera e dritta, ho provato di nuovo a ricordare quanto avesse bevuto e sono arrivata alla conclusione che non era poi così tanto. Ora so che sono stati calcoli senza senso.

Quella notte ho camminato fino all'auto e sono salita, appena prima che lui mettesse in moto, cercando di scacciare i brutti pensieri.

All'inizio andava tutto abbastanza bene, forse stavamo superando il limite di velocità, ma non esageratamente. Poco dopo, però, lui ha premuto sull'acceleratore e siamo schizzati in avanti. Ho incrociato il suo sguardo nello specchietto retrovisore e ho capito che lo faceva per dimostrarmi che mi preoccupavo per nulla.

Poi è arrivata quella curva... e lui l'ha vista all'ultimo.

Devo dirlo, è stato bravo. Era davvero in grado di guidare, perché ha avuto la prontezza di fare la scelta giusta. Siamo finiti con la fiancata contro un muro, però l'auto non si è ribaltata. Era un danno grave, ma nessuno di noi si è fatto male.

Quando l'auto è tornata in carreggiata, rallentando, lui ha rotto il silenzio con una risatina. «Visto che non è successo niente?»

In quel momento ho capito che era finita.

7

Sette ragazzi, questa l'accusa.

Il primo, il professore: mai successo nulla. Franci: tutti pensavano che stessimo insieme, ma non era vero. Luca: sì, ci legava un sentimento forte, finché ho capito che non ero pronta a marciare insieme ai suoi demoni.

Alyce ha sostenuto che sono andata a letto con Franci e con Luca, in contemporanea: falso.

Poi, nell'elenco delle mie colpe, è comparso anche un altro fantomatico ragazzo, che avrei baciato il secondo giorno di Accademia. Non ho neppure capito esattamente di chi potrebbe trattarsi e sospetto che sia stato menzionato perché arrivare a sette suonava meglio che limitarsi a sei.

E arriviamo al quinto ragazzo, Ted.

Tre mesi dopo la fine della storia con Luca, sono stata invitata a un compleanno insieme a molti altri ragazzi dell'Accademia.

«Ti porto io» ha detto Ted, un amico di Giuli.

Non ho mai incontrato una persona così sicura di sé. Infatti, benché non ci conoscessimo bene, non ha avuto dubbi sul fatto che avrei accettato il suo invito. In realtà, la festa era in un'enorme casa in campagna, e in qualche modo dovevo arrivarci.

«Vado in treno» ho ribattuto. «Grazie comunque.» Avrei dovuto prendere anche un autobus, sarebbe stato un viaggio un po' complicato, ma si poteva fare.

Nel primo pomeriggio, stavo per avviarmi verso la stazione quando lui è comparso davanti a casa mia. Ho visto la sua auto rossa parcheggiarsi a pochi metri dal portone, e lui è sceso con un sorriso.

«Così è più comodo, Sara» ha detto, aprendo la portiera. Aveva fatto una lunga deviazione per venire a prendermi, quindi ho ceduto.

Salire su quell'auto è stato un errore: gli stavo passando un messaggio sbagliato.

Comunque abbiamo chiacchierato per tutto il viaggio e abbiamo continuato anche una volta arrivati alla festa; stranamente, senza mai dirci nulla di molto importante.

In realtà non ero concentrata sulla conversazione, avevo altro per la testa, perché sapevo che di lì a poco avrei dovuto prendere una decisione. Per una volta avrei potuto capire come ci si sente ad andare a letto con un ragazzo con cui non si ha un legame particolare, farlo con leggerezza, solo perché quella notte è scattata la scintilla. Non l'avevo mai fatto prima e – lo so, è strano dirlo – ero curiosa di scoprire se ero quel genere di persona che lo fa con disinvoltura.

Ted era affascinante e attraente, benché non fosse esattamente il mio tipo.

Quindi sì, questo quinto ragazzo della lista esiste e non è un'invenzione di Alyce. Ci sono andata a letto e ho scoperto che non è cosa per me, perché senza sentimenti non funziona. Me ne sono pentita subito e nel cuore della notte ho chiamato Martina. Avevo bisogno di sentire una voce familiare.

D'altronde, capiamo qualcosa di noi soprattutto dai nostri errori.

Questa è la mia esperienza personale, e resto comunque convinta che ciascuno debba essere libero di comportarsi come crede.

Ho conosciuto tanti ragazzi capaci di vivere benissimo le avventure di una notte e che non si sono mai posti alcun problema in merito. Finché non si manca di rispetto a qualcuno, bene così.

Oltre a scoprire che senza sentimenti per me non funziona, qualche giorno dopo la festa di compleanno ho anche capito di non essere bravissima a gestire quel genere di situazione.

Io e Ted ci siamo incrociati nei corridoi dell'Accademia. «Ehi, non ti sei più fatta sentire» ha detto. Per me il silenzio è già un messaggio, ma ho capito che lui non aveva colto.

Allora gli ho risposto in modo onesto. Chissà, magari persino troppo.

Sette
@sette

... capiamo qualcosa di noi soprattutto dai nostri errori.

... capiamo
qualcosa di noi

soprattutto

dai nostri errori.

Ciò che ha replicato lui non lo riporterò qui per intero, perché non sono il mostro che hanno descritto. Vi basti questo: «Mi hai ferito».

E questa frase è stata usata da Alyce per farmi passare per una persona insensibile e crudele.

Quando è scoppiato il casino, lui ha raccontato che l'avevo deluso, che ero stata scorretta nei suoi confronti. E così ha confermato indirettamente la storia di Alyce, contribuendo a convincere tutti che quella era la verità.

8

Tante, tante bugie ho sentito sul mio conto. Torniamo quindi alla live in cui Alyce mi accusa, convinta, a torto, di sapere tutto della mia vita, dei miei sentimenti, dei legami con gli altri ragazzi coinvolti, e alla valanga di odio che ne è conseguita, agli insulti, alle minacce di morte che hanno colpito me e le persone a me più vicine.

In quel lunghissimo mese prima di rientrare in Accademia, il peggiore della mia vita, ho avuto tempo per pormi all'infinito la domanda che sta alla base di tutto: perché? Perché l'ha fatto?

Cosa ti può spingere a desiderare di rovinare la vita di una persona tanto da inventare una storia per distruggerla?

Me lo sono chiesta, ho ripensato a ogni cosa accaduta in cerca di una risposta sensata. Temo che la verità sia sconfortante, nella sua banalità.

Dobbiamo tornare indietro, a quel Capodanno ad Amsterdam. Alla folla per strada, all'aria gelida e alle luci che si riflettevano nei canali. A noi che ridevamo e a *lei* che ci guardava.

Mentre il cielo si colorava di fuochi d'artificio e la festa esplodeva, Jaco si è avvicinato a me. Ci siamo guardati negli occhi, poi lui mi ha presa per mano – ricordo le sue dita intrecciarsi alle mie –, mi ha abbracciata e ci siamo baciati, senza accorgerci del suo sguardo, come se lei non fosse lì. Quella notte tra i canali ho baciato il mio migliore amico. E non era la prima volta.

###

Tutto era iniziato qualche settimana prima di Capodanno, quando nel suo appartamento c'era stato un problema con l'impianto idraulico e il lavandino aveva cominciato a perdere.

«Dove lo trovo un posto dove stare?» ha detto Jaco.

Era venuto a cena da me e Giuli, ma era stressato, preoccupato e stanco. Doveva preparare un esame di teatro e aveva bisogno di concentrarsi sui libri; faceva fatica ad affrontare la teoria, era decisamente più un tipo da palcoscenico, e quell'imprevisto proprio non ci voleva.

«L'hai trovato» ho risposto io, sorridendo.

Lui ha sollevato le sopracciglia, senza capire.

«Puoi stare qui» ho chiarito. «Tutto il tempo che ti serve.»

«Puoi dormire sul materassino da campeggio di

Giuli» ho detto. La mia amica ha annuito decisa. «Ma certo, ovvio. Sei il benvenuto.»

Da quando mi avevano ammessa in Accademia, l'amicizia tra me e Jaco era cresciuta trasformandosi in qualcosa di autentico, che ci permetteva di condividere segreti senza alcun imbarazzo. Gli potevo dire tutto, ed era reciproco. Lo accompagnavo a vedere le partite al pub del quartiere, e lui una volta aveva preso le forbici e mi aveva accorciato i capelli, per dire. Sapevamo anche prenderci in giro, ma in quel modo particolare che suona quasi come un complimento.

Jaco è il ragazzo più popolare in Accademia e di base piace a tutti, è il suo talento. Sta simpatico perché è generoso, creativo, divertente, ma con me era diverso. Io lo conoscevo *davvero*, con me mostrava anche le sue fragilità e le sue debolezze.

Eravamo così legati che in quel periodo ci raccontavamo anche il genere di pensieri che non si ha voglia di condividere proprio con chiunque. Lui si era da poco lasciato con la sua storica fidanzata, e in Accademia lo sapevano tutti. Io però avevo anche capito che gli serviva ancora del tempo per abituarsi a quel cambiamento e aveva bisogno di un po' di tranquillità. Non era una cosa che andava a raccontare al mondo intero, però chi lo conosceva l'aveva intuito: ci stava male, come è naturale che sia quando finisce una storia d'amore. Aveva bisogno di parlare, e io ero disposta ad ascoltare.

Una notte lo schermo del mio cellulare si è illumi-

Tutto era
iniziato
qualche settimana
prima di Capodanno...

Qui mi fermo e lo chiarisco subito: tutta la faccenda del materassino mancante l'ho raccontata perché è successa realmente e forse ha accelerato le cose, ma se io e lui quella notte ci siamo baciati è stato perché ne avevamo voglia. L'abbiamo deciso, entrambi. È vero, ci siamo ritrovati un po' per caso nello stesso letto, ma per me sarebbe stato uguale se avessi avuto la mia stanza libera e tutto fosse successo perché lo desideravamo e basta, perché ci volevamo bene, perché l'amicizia può trasformarsi in altro, è piena di sfumature. Lo è sempre, figuriamoci quella tra un ragazzo e una ragazza.

Hanno detto che io mi sono intromessa nella relazione tra lui e la sua ex, che io e lui abbiamo cominciato a frequentarci quando ancora stavano insieme. Be', non è vero. Anzi, io e lui ci siamo avvicinati maggiormente proprio perché lui attraversava un momento difficile dopo la fine della relazione.

Quella notte di festa e di vecchie hit anni '90 io e il mio amico del cuore, quello con cui avevo avvertito un forte legame fin dal primo giorno di Accademia, eravamo entrambi single. Ci siamo ritrovati vicini, ed è stato come vedersi per la prima volta. Ho visto i suoi occhi verdi e i capelli scuri, ho sentito il suo cuore battere accanto al mio e ci siamo baciati.

Quella notte c'è stato un bacio, nulla di più. E nonostante tutto quello che è successo dopo, resto convinta ancora adesso che sia stato bello e anche giusto.

###

Quel bacio cambiava un po' le cose, ma non del tutto. Ce lo siamo chiesti: cosa eravamo l'una per l'altro? Eravamo legatissimi, benché non avessimo voglia di comunicarlo al mondo. E ora che lo sto scrivendo su una pagina, più che mai realizzo che questa storia riguarda noi e nessun altro. Non i compagni in Accademia, non qualsiasi ragazza si senta coinvolta, non Alyce e neppure tutte le persone che hanno pensato a lui, scorrendo il mio elenco dell'infamia con quei sette ragazzi.

E comunque, di quel bacio e di tutto quello che è capitato in seguito sapevamo solo noi.

E quando, qualche giorno dopo, lui mi ha chiesto di partecipare a una rappresentazione teatrale che stava portando in scena per il corso di teatro, ho accettato. L'avrei fatto per aiutare qualsiasi amico, e anche perché aveva un senso nel mio percorso in Accademia.

E sì, sul palcoscenico avremmo dovuto interpretare due innamorati, ma avrei accettato quel ruolo comunque. La storia non c'entrava nulla con quanto accaduto tra noi: era una sorta di *Romeo e Giulietta* ambientato in periferia, alleggerito da dialoghi brillanti e un po' di umorismo. Quello spettacolo non avrebbe cambiato le sorti della drammaturgia, ma era divertente da portare in scena. Abbiamo studiato insieme la parte e trascorso un bel po' di serate nel teatro dell'Accademia a provare. È stato un bel perio-

do. Abbiamo avuto l'occasione di passare del tempo insieme, di stringere il nodo che ci univa.

Chiunque abbia espresso giudizi su di noi, a posteriori, semplicemente non sapeva. Non so se per cattiveria o per quale altra ragione, ma tra i pettegolezzi che sono girati non si è mai menzionato il fatto che fossimo davvero legati. Al contrario, si è cercato di farmi passare per la ragazza opportunista che cerca di avvicinarsi al più popolare dell'Accademia sperando di guadagnarci qualcosa. Come se fosse possibile fingere un'amicizia che non esiste, come se Jaco potesse essere così ingenuo da non accorgersi che qualcuno lo stava circuendo con quelle intenzioni, dimostrandogli una simpatia che non esisteva.

Mi dispiace, ma la storia raccontata su di me è in gran parte sbagliata, perché chi l'ha messa insieme non ne conosce molte parti.

Alyce non era seduta a terra con me e Jaco mentre scherzavamo fino ad avere le lacrime agli occhi dal ridere, non era con noi mentre sognavamo la nostra vita futura, non era nelle nostre teste né nei nostri cuori la notte in cui abbiamo scelto, entrambi, di baciarci. La cosa più triste è che si sia pensato di poter raccontare i fatti nostri, miei e di Jaco, senza alcuno scrupolo, pur non conoscendoli.

Ma torniamo a quel dicembre in cui io e Jaco stavamo preparando la rappresentazione teatrale, sempre più uniti. Ovviamente non potevamo saperlo, ma tutta quella situazione – noi in teatro fino a tardi, le

Più tardi, quella notte, abbiamo affrontato una discussione strana ma forse necessaria, un po' diversa da quella che mi sarei aspettata.

Parlavamo di relazioni e lui mi ha chiesto se, durante la festa nella casa in campagna, c'era stato qualcosa con Ted.

Mi aveva già fatto la stessa domanda tempo prima e io avevo glissato, evitando di rispondere, ma in quell'occasione ho deciso di dire la verità, anche perché era successo quando ancora io e lui eravamo solo amici.

Su quella mia scelta Jaco non ha avuto nulla da ribattere e ha ascoltato senza giudicarmi. Anzi, mi ha detto di aver fatto qualcosa di simile quando tra noi c'era già qualcosa. Dopo il nostro primo bacio, gli era successo di vedere altre ragazze per mettersi alla prova e capire meglio cosa sentiva per me, ha spiegato con estrema onestà. Non ho voluto chiedergli a quale conclusione fosse arrivato esattamente, perché potevo intuirlo da sola.

Da un lato ho apprezzato il fatto che me l'abbia detto, dall'altro avrei preferito non sapere. Non ho replicato, comunque, perché ora capisco che Jaco era libero di comportarsi come credeva, e io non avevo alcun diritto di pretendere nulla da lui.

Ho accettato che quel bacio ad Amsterdam, quelli prima e anche le notti trascorse insieme non ci definissero come due persone che stanno insieme. Non eravamo fidanzati, per lui, benché restassimo lega-

tissimi e con un po' di confusione nel cuore, almeno per quanto mi riguardava. Jaco restava una persona incredibile. Se su ogni altro fronte avevo molti dubbi, questa per me era una certezza, in quel primo giorno del nuovo anno.

###

Da quel «*Not my girlfriend*» di Amsterdam qualcosa è cambiato e qualcosa è rimasto come prima.

Stavamo bene insieme, e per me era molto importante, ma qualcosa mi si era rotto dentro. Continuavo a volergli bene, ma l'istinto mi spingeva a prendere le distanze da lui. Ora so che era la delusione a suggerirmi di rimettere Jaco tra gli amici. Mentre durante le prove sul palcoscenico interpretavamo due innamorati, una volta tolto il costume di scena svuotavo il cuore e tornavo a vederlo come i primi tempi: un ragazzo meraviglioso per infiniti motivi. L'amico migliore che ti possa capitare, ma non un fidanzato.

Me lo sono ripetuta finché si è impresso nel mio cuore: io e Jaco non stavamo insieme, lui era libero di fare ciò che credeva. Ho fatto un passo indietro, per proteggermi e non ferirmi.

E se quella frase detta a Capodanno sorridendo mi ha fatto cambiare atteggiamento, è perché mi è capitato in passato di scoprire un tradimento, e il dolore provato è stato grande. È successo con il mio

primo fidanzato, il primo grande amore che poi si è trasformato anche nella prima grande delusione. Mi ha lasciato una ferita nel cuore, modificando la prospettiva in cui vedevo le cose, e mi ha insegnato a dare un significato più profondo alla parola "fiducia". Se l'amicizia può avere infinite sfumature, il tradimento è bianco o nero. Se stiamo insieme, allora per me non deve esserci nessun altro; siamo liberi di vedere altre persone? Allora siamo amici. E non è un bacio a cambiare le cose. Quello che avevo imparato con la fine del mio primo grande amore, con grande dolore, era una lezione che mi aveva marchiata in modo indelebile.

Così, a gennaio, io e Jaco siamo rientrati in Accademia con quel nuovo equilibrio. Amici, nulla di più.

Poi è arrivato il gran giorno, quello della rappresentazione. Siamo saliti sul palco davanti a professori e compagni. Ho dato il meglio nei panni di Giulietta, mi sono goduta gli applausi, ho esultato per il voto che ci hanno dato. Poi ho smesso di essere lei, la giovane innamorata, e lui non era più Romeo.

Non credevo più in noi. Qualsiasi cosa avessi provato, si stava spegnendo dentro di me. Quella storia era nata con troppi "non detti", e l'aver scoperto che lui era uscito con altre aveva tolto ossigeno al sentimento, per me.

E la mia freddezza deve avergli messo qualche dubbio, come accade spesso. Ci sta: finché senti che la persona ti cerca, tu puoi startene sulle tue, ma

quando comincia a prendere le distanze, l'interesse si riaccende. È umano. Non giudico, ma l'ho visto e vissuto altre volte.

Quindi a gennaio c'ero io, decisa a ripristinare l'amicizia con una persona per me comunque bellissima, con dei sentimenti ancora contrastanti, perché puoi innamorarti in un istante, ma per allontanare qualcuno ci vuole tempo; e poi c'era lui, il cui interesse forse si era un po' riacceso.

In questo equilibrio già abbastanza instabile è comparso l'ultimo ragazzo della lista di Alyce. Quello che, suo malgrado, ha scatenato tutto, l'altro grande protagonista di questa triste vicenda: Leo. Lui non sospettava potesse esserci qualcosa di più che una bella amicizia tra me e Jaco.

Perché di tutto quello che è accaduto tra me e Jaco, appunto, nessuno sapeva nulla. L'avevamo tenuto segreto per diverse ragioni: perché in fondo non eravamo mai stati certi della definizione che ci saremmo dati, perché lui fondamentalmente non si sentiva davvero coinvolto, e perché quel che lui sceglieva di fare avrebbe avuto ripercussioni anche su altre persone, che in teoria non facevano più parte della sua vita, ma che avrebbero sofferto comunque.

Ad Amsterdam, però, Alyce aveva visto. Non ha detto nulla, sul momento. Deve aver immediatamente intuito, però, di avere un'arma da usare contro di me. È rimasta zitta, in attesa dell'occasione giusta per sferrare il suo colpo.

9

Nel mese in cui sono stata lontana dall'Accademia è stato come morire e poi rinascere. È come se mi fossi rotta in mille pezzi e poi piano piano tutti i frammenti avessero trovato forma. Una forma *nuova*. E no, non è successo per magia, e neppure per caso. Per ricomporre quel complicatissimo puzzle che avevo dentro di me ho avuto bisogno di tutto l'aiuto possibile. Quello dei prof e della direttrice, per esempio, che mi hanno fatto sentire la loro vicinanza in ogni singolo momento. Ero parte della squadra, per loro non era cambiato nulla, e volevano che non lo dimenticassi.

E poi quello della mia famiglia: sapere che i miei genitori erano dalla mia parte, pronti a sorreggermi ogni volta che fossi caduta, mi ha fatta sentire meglio. Forse non ero così *sbagliata* come tutti volevano farmi credere. Forse qualcosa di buono c'era in me. Loro ci credevano, e volevo crederci anche io.

Ma sono stati gli amici la chiave di volta: il mondo

là fuori andava avanti, e Giuli è stata bravissima a ricordarmelo, con una delicatezza e una dolcezza infinite. Mi chiamava ogni giorno e di tanto in tanto veniva a trovarmi. Mi parlava di tutto, raccontandomi quello che accadeva in aula, in palestra, nei corridoi. Come se non fosse cambiato nulla, come se io fossi ancora lì in Accademia con lei. Mi ha fatto capire che in fondo ero io a perdermi tutta quella vita e che, per quanto fosse doloroso, sarebbe arrivato un momento in cui avrei dovuto alzarmi dal letto e riprendere il mio percorso da dove l'avevo lasciato.

Martina, Marco ed Enrico, i ragazzi con cui sono cresciuta, mi hanno ricordato che a insultarmi erano persone che non sapevano davvero chi fossi io. Mi giudicavano sulla base di una chiacchiera. Ma qualsiasi persona è immensamente più complessa di qualunque errore possa mai commettere. I miei amici di sempre sapevano chi ero e mi sono stati vicini convincendomi che no, non ero un mostro. Meritavo ancora il loro affetto e la loro amicizia.

C'è stato un momento in particolare che mi ha fatto capire che forse non era tutto perso. Una sera ho sentito il campanello suonare e la voce di mio fratello concitata, a cui è seguito uno strano silenzio. "Sarà uno dei suoi amici" ho pensato.

Mi sbagliavo.

Ho avvertito dei passi sulle scale e poi un lieve bussare alla mia porta. Sulla soglia c'era Jaco.

Siamo rimasti a fissarci, senza sapere cosa dire,

poi mi ha raggiunta e si è seduto sul bordo del mio letto.

«All'inizio volevo che te ne andassi dall'Accademia, Sara» mi ha detto dopo un silenzio che mi è sembrato lunghissimo. Sì, provava risentimento nei miei confronti, perché per lui non stavamo insieme come fidanzati, ma sentirsi dire «È finita» non è bello per nessuno. Dopo Capodanno, avevo rimesso distanza tra noi. Forse non aveva davvero neppure capito cosa stesse accadendo. Poi, dopo un mese, mi ha vista con un altro, e ci sta che quando il mondo si è messo contro di me, Jaco è rimasto a guardare. "Sara mi ha deluso": questo è ciò che pensava in quel momento. Vedermi distrutta per davvero, però, è stato troppo anche per lui.

«Volevo che accadesse, ma quando è successo mi sono sentito malissimo» ha aggiunto.

Ci siamo abbracciati, e non c'è stato bisogno di dire altro.

10

Se c'è una cosa che ho imparato da quell'anno trascorso tra il mio ingresso in Accademia e la live di Alyce è che i sentimenti sono complicati e imprevedibili. Puoi scoprire all'improvviso che desideri più di ogni altra cosa baciare quello che per te è ancora solo un amico, e può anche capitarti di *sentire* qualcosa per qualcuno con cui magari non hai neppure un grande rapporto, solo perché l'hai incrociato ogni giorno a lezione, l'hai sentito parlare, l'hai osservato da lontano senza mai averci a che fare.

È successo proprio a me: circa un mese dopo Capodanno, Leo mi ha aspettata fuori dagli spogliatoi alla fine di una lezione di danza moderna. Sono sbucata in corridoio con la mia sacca e lui era in piedi, appoggiato al muro.

«Hai un attimo per me?» ha chiesto. Non mi aspettavo nulla in particolare, ma se avessi dovuto azzardare qualcosa avrei immaginato che mi stesse per chiedere gli appunti di qualche lezione.

Invece ha ammesso che gli piacevo.

Non l'ha detto esattamente così, in verità. Ha scelto parole molto più sfacciate, quel genere di frase che a me suscita l'effetto opposto da quello desiderato.

L'ho guardato allibita, e credo ogni singola parte del mio volto urlasse "che cosa?!".

Io e lui non eravamo particolarmente legati, non lo avrei definito neppure "amico".

E ora arriviamo al punto, alla risposta che personalmente mi sono data a quel grande perché. Perché quella montagna di mezze verità e bugie sul mio conto?

Perché Leo era stato il fidanzato di Alyce, benché non lo fosse più da un po' di mesi.

E, in verità, il fatto che fossero stati insieme mi aveva convinta che tra me e lui ci fosse ben poco in comune. Frequentavamo giri diversi, compagnie differenti. Immaginavo che non avessimo molto in comune, e quel suo approccio sembrava confermarlo, totalmente. Suonava arrogante, sgarbato.

Ora so che quella frase era stata detta per risvegliare il mio interesse, per colpirmi; ce l'aveva fatta, decisamente, ma non nel modo desiderato. Al contrario, mi aveva portata a prendere le distanze da lui, perché era stato poco rispettoso.

«Vedrai che avrò ragione io» aveva aggiunto, allontanandosi da me.

«Vedrai che ti sbagli» avevo risposto.

###

Se prima non condividevamo molto, dopo quel nostro momento in corridoio avevo proprio fatto in modo di evitarlo. Quella sua frase mi aveva convinta che non fosse il mio genere di ragazzo.

Un po' sbruffone, troppo pieno di sé: ecco come mi sembrava.

Immagino che lui l'abbia capito. Una volta ho esplicitamente evitato di sedermi in un posto vuoto accanto a lui; ho distolto lo sguardo, nonostante lui mi fissasse, e ho trovato un angolino in fondo all'aula. Il giorno in cui ha provato a sedersi vicino a me a pranzo, ho finito la mia pasta senza dire una parola, poi mi sono alzata e ho sparecchiato.

Penso che abbia notato la mia freddezza e, probabilmente, si è un po' messo in discussione.

Leo era il genere di ragazzo che si siede al tuo tavolo anche se nessuno l'ha invitato, e lo fa fissandoti con aria di sfida. Con me ha cambiato atteggiamento, però.

Piccoli gesti, attenzioni garbate hanno sostituito lentamente l'arroganza.

Un giorno ha recuperato dalla biblioteca un libro che sapeva mi sarebbe servito e me l'ha lasciato nell'armadietto, con un bigliettino scarabocchiato a mano: *Ho pensato potesse esserti utile*.

Una volta mi ha raggiunta fuori dall'Accademia.

«Com'è andata, oggi?» ha chiesto. Una domanda

normalissima, ma strana se a fartela è una persona che non conosci davvero. Ricordo di aver balbettato qualcosa, e poi di averlo ascoltato raccontare di quanto avesse sempre odiato i venerdì, per tutta l'aspettativa che sollevavano al loro passaggio.

Quelle sue piccole attenzioni sono continuate. Durante il pranzo capitava che mi portasse una bottiglia d'acqua, o che sparecchiasse anche il mio vassoio. Un cambiamento così sorprendente che non sapevo bene come comportarmi.

Ed è forse per quello che ho deciso di dargli una possibilità, perché mi piacciono le persone abbastanza forti da mettersi in discussione.

###

I grossi cambiamenti coincidono spesso con dei momenti di svolta, che segnano un confine tra il *prima* e il *dopo*. Il nostro è accaduto all'alba, un giorno di inizio febbraio.

Mi ero svegliata e non riuscivo più a riaddormentarmi, così mi sono alzata e sono uscita dalla mia camera, perché non ne potevo più di rigirarmi nel letto fissando il soffitto. In punta di piedi mi sono vestita e sono uscita, nonostante fuori si gelasse. Ho camminato per le strade deserte fino all'Accademia. Ho fatto passare il mio badge, e la grossa porta metallica che conduce ai sotterranei si è aperta. Lì l'aria era tiepida e le luci al neon creavano un'atmosfera quasi

poetica. Sono scesa in piscina, un posto che mi ha sempre trasmesso molta tranquillità. Era prestissimo, attorno a me c'era solo silenzio. Negli spogliatoi ho indossato il costume, poi mi sono tuffata in acqua. Avere la piscina tutta per me mi sembrava un privilegio prezioso, e pazienza se avevo dovuto lasciare il caldo del mio letto. Ero lì da poco, quando ho visto qualcuno comparire nell'ombra. Era lui, Leo.

Si è seduto sul bordo, con i piedi nell'acqua, ed è rimasto a guardarmi.

L'ho raggiunto.

«Anche tu qui» ho detto.

Ho scoperto che gli piaceva nuotare di mattina presto, che cercava la solitudine.

Mentre il cielo si schiariva, abbiamo chiacchierato, finché abbiamo sentito i primi rumori. Qualcuno stava arrivando, la giornata era iniziata.

E così, Leo è entrato nella mia vita. E credo che questo sia il vero inizio della storia che vi sto raccontando, perché Leo aveva un passato e perché io e Jaco ci eravamo allontanati, ma c'era ancora qualcosa, benché nessuno lo sapesse. *Nessuno* tranne lei, Alyce. Che ha scelto di usare ciò che aveva visto ad Amsterdam per colpirmi.

Questa è una mia supposizione, ma per quanto mi sia sforzata di trovare un'altra possibile ragione, non ce l'ho fatta. L'unico motivo che può averla spinta a fare quel che ha fatto è questo: mi sono messa con il suo ex.

###

Io e Leo ci siamo ritrovati sul bordo di quella piscina anche le mattine seguenti, seduti l'uno accanto all'altra, senza guardarci negli occhi, mentre albeggiava.

Lui accendeva la musica sul telefono, ed era un po' quella e un po' il freddo a farci venire la pelle d'oca. Nuotavamo e poi ci raccontavamo la nostra vita, le nostre paure, quel che sognavamo per il futuro. Abbiamo parlato per ore, solo quello. Chiacchiere. Nulla di più.

Poi solitamente si sentiva un armadietto sbattere, la porta aprirsi e chiudersi. In piscina arrivava qualcuno e la magia finiva. Non so chi sapesse delle nostre albe.

Di sicuro in Accademia, durante i corsi e le lezioni, deve essersi notato che io e Leo non eravamo più due estranei.

Onestamente, non ci importava né nasconderci né raccontare al mondo ciò che stava succedendo. Perché sì, tutte quelle parole scambiate tra me e lui stavano creando un legame che avrebbe potuto diventare una bella amicizia o anche qualcosa di più.

###

Poi è arrivato il giorno di San Valentino, quel 14 febbraio che, nel bene o nel male, spesso costringe le persone a prendere decisioni. Io non credo nelle ricorrenze, né in quelle date che ti obbligano a fare o a provare qualcosa, però è vero che ignorarle completamente è difficile.

Gli avevano regalato due biglietti per il cinema e Leo aveva invitato me.

"Forse è meglio di no" è stato il mio primo pensiero.

Perché non esci con un ragazzo il giorno degli innamorati, per un aperitivo e un cinema, se non t'importa proprio nulla, neanche se avete due biglietti omaggio. Mi sono posta il problema, e se poi ho accettato l'invito è perché nei suoi occhi ho visto solo gentilezza e sincerità. La verità è che entrambi avevamo voglia di trascorrere del tempo insieme anche fuori dall'Accademia, anche dopo l'alba, anche sedendoci l'uno di fronte all'altra, invece che vicini, sul bordo della piscina. Quindi sì, siamo usciti. In un momento in cui lui era single da un po' di mesi e io non ero la fidanzata di nessuno. Dopo giorni in cui ci eravamo trovati a chiacchierare in piscina. Lo preciso, perché invece è stato raccontato altro.

Leo mi ha portata in un bar all'ultimo piano di un palazzo proprio accanto al Duomo di Milano, con una vista mozzafiato sulle guglie e sul tramonto. Ed è successa una cosa stranissima.

«Speriamo che piova» aveva detto il giorno prima. A lui piace la pioggia, credo che il cielo grigio rispecchi alcuni pensieri che talvolta lo agitano. È un dettaglio che mi ha colpita subito, perché solitamente alla gente non piace affatto.

Comunque avevo controllato il meteo, e ogni app dava sole e cielo sereno.

Invece, arrivati in Duomo, contro ogni previsione ha iniziato a piovere, esattamente come desiderava lui.

Abbiamo mangiato qualcosa osservando l'acqua cadere sulla piazza svuotata, mentre i turisti cercavano riparo sotto i portici, e poi siamo andati al cinema.

Alla fine del film, siamo tornati semplicemente a casa.

Non ci siamo baciati, nel caso qualcuno se lo stesse chiedendo.

Il ragazzo arrogante e sicuro di sé mi stava facendo scoprire una parte di lui diversa, molto più sensibile, ma a momenti tornava a essere ancora quello di prima, a cui nessuna aveva mai detto un "no". E, benché per me stesse diventando una persona importante, mi restava il dubbio: ci teneva davvero o dopo il mio primo rifiuto stava cercando di dimostrare qualcosa a se stesso?

Nelle nostre lunghe chiacchiere era stato onesto, ne ero certa, ma temevo che fosse anche l'orgoglio a spingerlo verso di me.

Mi piaceva, e non volevo affrettare la situazione.

Quell'invito per San Valentino mi ha fatto capire chiaramente che lui si sarebbe spinto oltre l'amicizia, se glielo avessi permesso. Allora ho deciso che era il momento di essere a mia volta completamente onesta.

Leo non sapeva di Jaco per due motivi.

Come ho già detto, non gliene avevo parlato perché io e Jaco avevamo deciso di mantenere la riservatezza. Inoltre, dopo Capodanno e quel suo «*Not my girlfriend*», ci eravamo allontanati e le cose tra noi erano cambiate.

Il secondo motivo riguardava solo me: le cose con Leo sono successe più velocemente di quanto avessi creduto.

Quel 14 febbraio mi ha colta impreparata.

Mi era già successo di sbagliare, però, e non volevo ripetere l'errore.

Ricordate Franci e Luca e l'ambiguità che avevo creato?

Ecco.

Così ho preso carta a penna e ho scritto a Leo. Nelle situazioni in cui so di dover esprimere ciò che provo sono più brava a mettere tutto su carta.

Quindi gli ho recapitato una lettera.

È giusto che anch'io sia onesta, come tu lo sei sempre stato con me.

Per fortuna (o sfortuna) non mi sei indifferente, quindi prima di prendere qualsiasi decisione riguardante il futuro devo mettere ordine e chiarirmi dentro. Non voglio tenere il piede in due scarpe. Ho una questione non conclusa con un'altra persona e devo sistemarla per non fare casini.

Questa lettera era pronta per la sera di San Valentino. Lo so, il 14 febbraio non è il giorno migliore per leggere qualcosa del genere, ma non dire la verità è peggio.

###

Lo ammetto, avrei potuto essere più chiara da subito e non avvicinarmi a un ragazzo mentre ancora non era tutto concluso con un altro. Ho rischiato di ferire i sentimenti di due persone a cui volevo comunque un'infinità di bene. Forse ho commesso una leggerezza, ma è una questione che devo risolvere con la mia coscienza e con le persone direttamente coinvolte. Non riguarda nessun altro, mi dispiace. E poi, la situazione era più complicata di un "ho iniziato a uscire con uno mentre ancora vedevo l'altro" – cosa comunque non vera... – e non lo dico come giustificazione.

Leo è arrivato nella mia vita mentre facevo i conti con quel «*Not my girlfriend*» e non ero esattamente felice. Che avessi qualche questione irrisolta forse l'aveva intuito, perché un giorno mi aveva chiesto: «Ti vedi con qualcuno?».

Non ho mentito perché sono crudele, né perché mi piacesse particolarmente tenere nascosta una questione di quell'importanza. E no, non volevo neppure frequentare due ragazzi in contemporanea. Sapevo che la situazione andava affrontata. Infatti, dopo la domanda di Leo, ho parlato subito con Jaco, che ha confermato ciò che mi aveva già detto a Capodanno dopo che ci eravamo baciati: non stavamo insieme e non c'era nulla da dire su di noi.

Quindi io ero una ragazza libera, non dovevo nulla a nessuno. Con Jaco, l'amico di sempre che un po' mi piaceva ma che non ricambiava, e con Leo e le sue gentilezze, le premure e le chiacchiere.

Ero confusa, ovvio. Chi ha mai detto che le relazioni sono facili?

Io e Leo chiacchieravamo in piscina e cominciavamo a conoscerci. Jaco lo sapeva – questo l'ho scoperto dopo... – anche se aveva scelto di non affrontare direttamente l'argomento. Tra me e lui le cose sono peggiorate. La distanza è aumentata, ma non ha mai ritrattato quel suo "non stiamo insieme".

Poi è arrivato quel 14 febbraio, l'invito al cinema, e io ho fatto chiarezza. Perché, nonostante tutto ciò che è stato detto sul mio conto, ho una coscienza e mai avrei cominciato a uscire con un ragazzo trascinandomi delle ambiguità. Fino a quel momento con Leo non era successo nulla, neppure un bacio. Ma l'intesa che stava nascendo mi creava disagio.

Il tradimento non è solo fisico, e non importava che io e Jaco non stessimo insieme. Per me non funziona così. Se esco con un ragazzo è perché provo qualcosa, fosse anche solo la sensazione che potrebbe esserci un futuro. So benissimo che dove c'è ambiguità, il rischio di ferire qualcuno a cui vuoi bene è alto. È che per decidere bisogna comprendere se stessi, ma leggere i propri sentimenti non è sempre facile.

A farmi capire quale fosse la scelta giusta sono state le albe in piscina: dovendo scegliere, sapevo che preferivo passare il mio tempo con Leo. È stato semplicemente quello a guidarmi.

###

Prima di prendere qualsiasi decisione devo mettere ordine e chiarirmi dentro, gli ho scritto. E lo credevo davvero. Questa era la mia certezza anche prima di prendere carta e penna, certezza che si era scontrata con la pioggia che cade su piazza Duomo al tramonto, con le ore trascorse in piscina a raccontarci di noi, con quel suo dirmi "mi piaci" e con il mio "ora non posso" mentre nel cuore una voce urla, con il tenergli la mano fingendo di essere solo amici, pur sapendo entrambi che non era più così e che non potevamo farci nulla.

San Valentino per me è stato un giorno strano. Ho scritto la lettera a Leo, prendendo tempo, e poi ho chiuso definitivamente con Jaco.

Sapevo che rischiavo di perdere entrambi, perché a nessuno piace scoprire che la persona che stai frequentando ti ha tenuto nascosto qualcosa, né sentirsi dire che è finita, qualunque tipo di relazione fosse.

Non esattamente il giorno più romantico del mondo, insomma, per nessuno.

Mi prendo la responsabilità di quella situazione, comunque. Jaco non ha colpe: mi aveva detto con franchezza che non si sentiva legato esclusivamente a me. Non stavamo insieme e non saremmo diventati una coppia a tutti gli effetti. Neppure Leo ha colpe: quando è venuto a parlarmi per farmi capire che provava qualcosa, pensava che non avessi alcun legame. Ha continuato a crederlo per tutti i giorni in cui ci siamo visti all'alba, in piscina.

La lettera che ho scritto avrebbe dovuto essere recapitata prima, avrei dovuto affrontare Jaco immediatamente dopo Capodanno. Non averlo fatto resterà per sempre qualcosa di cui mi rimprovero. Ma non ho tradito Jaco con Leo, né sono stata con entrambi allo stesso tempo, e afferma il contrario sta mentendo. Se ho comunque commesso degli errori, posso solo sperare che mi abbiano insegnato a essere una persona più attenta ai sentimenti altrui.

###

Dopo aver letto la lettera, io e Leo ne abbiamo parlato per giorni. Ore e ore, per cercare di capire qualcosa che era già chiarissimo, a discutere di noi.

Fino a una sera, in camera mia, seduti a gambe incrociate sul mio letto, in maglietta e felpa. L'una accanto all'altro. Stanchi di parlare di decisioni da prendere, abbiamo semplicemente visto un film, *Dalla tua finestra*. E poi, chiacchierando dei protagonisti, le parole hanno smesso di avere significato, svanite.

Leo mi ha guardata in silenzio e si è avvicinato piano. Io mi sono scostata leggermente.

«Perché non ti lasci andare?» ha chiesto.

Non voleva spingermi a fare nulla, né insinuare altro.

Quella domanda mi è entrata in testa, attraversandomi come una scossa elettrica.

"Perché?" mi sono chiesta tra me e me.

Non ho trovato alcuna risposta. Così mi sono voltata verso di lui, l'ho guardato negli occhi e ci siamo baciati.

E in quel bacio c'era tutto quello che ci univa, tutte le emozioni provate nelle settimane precedenti, tutto ciò che non eravamo riusciti a dirci. È stato il bacio più bello della mia vita e non lo dimenticherò mai; il fango e l'odio che mi hanno colpita un mese dopo sbiadiscono e scompaiono, se paragonati a quel momento.

A chi mi ha fatto del male auguro di provare un giorno questo tipo di felicità.

###

L'amore riguarda raramente solo due persone. Non è mai così semplice.

Qualcuno – forse non saprò mai chi è stato, e non

ha neppure importanza – è andato a raccontare di me e Leo alla sua ex. Esatto, *lei*. Alyce. Una ex fidanzata con cui tutto era finito da mesi. Lei, a cui non ero mai stata particolarmente simpatica, che avevo invitato ad Amsterdam perché mi sembrava molto sola, a cui avevo addirittura pagato parte del viaggio. Durante quel Capodanno, Alyce mi aveva vista baciare Jaco. Due mesi dopo, ha scoperto che stavo uscendo con il *suo* Leo. E a marzo ha fatto la live in cui ha raccontato al mondo la sua versione dei fatti sulla mia vita, facendomi passare per quella poco seria, che si approfitta dei ragazzi e li usa a suo piacimento.

###

In questa storia ci sono state persino troppe persone che si sono espresse su fatti di cui non sapevano molto; sento quindi di dover evitare di fare lo stesso anche io. Non intendo parlare della vita di altri. Una cosa, però, la devo ripetere perché mi riguarda. Quel nostro bacio, quello tra me e Leo, è arrivato quando tra lui e la sua ex non c'era più nulla da un pezzo. Per lui era finita e non potevano esserci malintesi, perché l'aveva detto chiaramente.

Non ho rubato il fidanzato a nessuno.

È stato detto che io e Alyce eravamo amiche, e anche questa è una bugia. Tra l'altro, amiche o no, mai avrei iniziato una storia con il fidanzato di un'altra.

Sette
@sette

L’amore riguarda raramente solo due persone.
Non è mai così semplice.

L’amore

riguarda raramente
solo due persone.

Non è mai
così semplice.

Non lo farei prima di tutto per me stessa, per una questione di dignità personale.

Posso anche esprimermi su cosa credo sia giusto e sulla situazione in generale: accettare che una storia sia finita può essere terribilmente doloroso, ma il rispetto per la persona a cui hai voluto bene deve comunque venire prima di tutto.

E mandare messaggi ad amici riversando tutto il dolore e la rabbia che provi non serve a nulla se non a umiliarti, così come sono senza senso le cattiverie rivolte alla ragazza che il tuo ex sta frequentando, dopo che tra voi è finita. Sono comportamenti tristissimi. Quando io e Leo abbiamo iniziato a frequentarci, mi sono arrivati messaggi che avrei preferito non leggere mai. Non ho avuto paura, ho pensato che fosse la reazione troppo emotiva di una ragazza in difficoltà.

Se lei avesse voluto affrontarmi di persona, glielo avrei detto: "Sono passati mesi dalla fine della vostra storia. Che diritti puoi rivendicare su una persona che non ti ama più? Per me, nessuno. L'unica cosa che puoi fare è guardare avanti, continuare la tua vita. Tenerti stretti i ricordi più belli e accettare la realtà".

Sarò ingenua, ma nel mio mondo non si cerca di rovinare un'altra persona. Puoi non capire o non ritenere giusto il comportamento di un altro; capitano screzi, incomprensioni, discussioni. Puoi arrivare a detestare qualcuno, a scegliere di non volerci avere nulla a che fare.

Ma mai la violenza, l'ingiuria, l'intimidazione mi

ta. Vi assicuro che quel che è successo ha riguardato due persone consenzienti e che, mentre ci baciavamo, Jaco sapeva assolutamente cosa stava facendo.

Pensate davvero che io possa imbrogliare in qualche modo un tipo, costringendolo a baciarmi?

Chi crede alla storia dell'ex sedotto in modo subdolo ha un'opinione davvero misera del proprio ragazzo.

Io conosco bene Jaco, e non è uno che si lascia abbindolare con facilità. Ha le idee piuttosto chiare, e, se decide che una storia è finita, è perché sa cosa prova; e di sicuro non finisce nel letto di qualcuno per errore. Se la pensate diversamente, mi dispiace ma non sapete di chi state parlando...

Comunque l'idea della ragazza cattiva che ruba il fidanzato è tristemente popolare. Propongo però una lettura alternativa dei fatti, più dolorosa ma meno contorta. Non è che forse, per quanto difficile da accettare, vi ha lasciate per infinite ragioni che riguardano solo voi e poi ha cominciato a provare qualcosa per un'altra?

Un'ultima osservazione. Distruggere la ragazza con cui il vostro ex sta uscendo non ve lo ridarà mai indietro. Mi dispiace, ma è così.

###

Non so cosa sarà di me, delle persone coinvolte in questa storia. Il futuro è davanti ai nostri occhi e sta a noi scriverlo. So però come stanno le cose oggi.

Io e Leo stiamo ancora insieme. Con lui ho imparato cosa significa amare davvero una persona, fidarsi completamente, desiderare la sua felicità persino più della mia. Siamo stati sempre uniti, da quel febbraio, anche quando ho lasciato l'Accademia, anche quando il mondo intero sembrava odiarmi. Mi veniva a trovare senza farlo sapere a nessuno, ed è stata una mia decisione: volevo proteggerlo dall'odio. Se anche lui fosse diventato bersaglio dei terribili messaggi che sono arrivati a me, non l'avrei potuto sopportare. Oltre a Giuli, lui è stato al mio fianco, dandomi la forza di continuare.

Anche Jaco è ancora nella mia vita. Ci siamo chiariti, abbiamo parlato di ciò che è successo. Siamo riusciti a tornare quelli di prima, gli amici che ridono e scherzano, condividendo sogni e qualsiasi cosa sia per noi importante. Ho capito cosa ha provato e perché ha scelto di non esporsi per me nel momento peggiore. Siamo riusciti a superare tutto, come accade nelle amicizie vere. Il fatto che io e Leo stiamo ancora insieme e che Jaco sia ancora mio amico credo dimostri almeno un po' che i fatti sono andati come li ho raccontati io e non come sono stati ricostruiti da altri.

Chapitre 6
Ça va barder !

Lya et Mathis réfléchissent au moment propice pour faire passer Nino aux aveux. Ils aimeraient rester discrets, histoire de lui laisser une chance de s'expliquer. C'est alors qu'une voix derrière eux les fait sursauter.

– Qu'est-ce que vous complotez, tous les deux ?

– Tu tombes bien, Nino, répond Mathis. On voulait justement te parler…

Le garçon le fixe d'un air interrogateur. Lya regarde autour d'eux : le reste du groupe est un peu plus loin. C'est le bon moment !

– Je crois que tu as perdu ça, lance-t-elle.

Elle tend à Nino le tube d'après-soleil.

– N'importe quoi ! proteste-t-il. Ce n'est pas à moi.

– Ne mens pas, je l'ai vu dans tes affaires hier soir, insiste Mathis, accusateur.

– On a aussi remarqué que tu étais toujours dans les parages, quand une mésaventure arrivait à Cassandre.

Nino rougit.

– Vous n'avez aucune preuve ! se défend-il.

– Oh si, plein !

Lya et Mathis ont l'air très sûrs d'eux. Nino est déstabilisé mais ne dit pas un mot. Mathis regarde sa sœur et poursuit :

– Je suis sûr que Cindy et Antoine seront très intéressés par ce qu'on va leur raconter. Tu ne crois pas, Lya ?

Nino craque.

– C'est bon, vous avez raison, avoue-t-il. Mais c'était juste pour rire un peu.

– Ah oui ? Tu trouves ça drôle ? Moi je dirais que c'est méchant, se fâche Lya.

À ces mots, Nino baisse la tête et lâche :

– En fait, je voulais me venger.

– Te venger ? De quoi ?

– C'est gênant...

Lya fait mine d'appeler les animateurs.

– Non, pitié ! supplie Nino. Je vais tout vous expliquer. L'année dernière, je suis tombé amoureux de Cassandre, et à la fin du stage, je lui ai dit. Elle m'a répondu qu'elle ne s'intéressait pas aux gamins. J'étais hyper vexé. Après, j'ai oublié... jusqu'à ce que je la revoie hier. Elle n'avait même pas l'air de se souvenir de moi !

– Tu ne peux pas lui en vouloir de ne pas ressentir la même chose que toi ! s'indigne Lya.

– Accordé, répond aussitôt Nino.

Cassandre lui sourit et commence à s'éloigner vers le reste du groupe.

– Hum ! toussote bruyamment Lya.

Elle lance un regard insistant à Nino. Le garçon rougit, respire un grand coup et se lance.

– Cassandre ! crie-t-il. Moi aussi, je te dois des excuses !

– Ah bon, pourquoi ?

– C'est moi qui suis responsable de toutes les mésaventures qui te sont arrivées pendant le stage, avoue Nino, honteux.

L'adolescente fait demi-tour. Elle se plante devant lui, l'air furieux. La tension est palpable.

– Ça va barder…, prédit Lya. On se croirait dans la scène finale d'un western.

Mais contre toute attente, Cassandre pousse un soupir et lâche :

– Bon, on va dire qu'on est quitte, alors !

Nino n'en croit pas ses oreilles. Lya non plus !

– Et tu sais, en fait, je ne te trouve pas si gamin que ça, ajoute-t-elle tout bas avant de l'embrasser sur la joue.

Mathis donne un coup de coude à sa sœur.

– Ce n'est pas vraiment ce que j'appelle « barder » ! lui glisse-t-il avec un sourire.

Dans le bus qui les ramène à leur point de départ, les enfants ont un pincement au cœur. Ils ne se connaissent que depuis deux jours, mais ils ont partagé beaucoup de choses. Ils se remémorent avec plaisir tous les bons moments qu'ils ont passé ensemble, ainsi que les mésaventures de Cassandre. Après coup, certaines les font beaucoup rire !

– Terminus : tout le monde descend !

Par les fenêtres du bus, les enfants aperçoivent leurs parents qui les attendent. Ils échangent leurs adresses et se disent au revoir. Puis Lya et Mathis montent en voiture avec leur père.

– Alors, c'était bien ce stage ? demande Gabriel.

– Non, rectifie Lya, c'était super !

– Je vois que vous êtes en forme ! rigole Gabriel. Ça tombe bien, car j'ai une nouvelle surprise pour vous : demain, nous allons à l'Aven d'Orgnac.

– Mamoune m'y a déjà emmenée, se souvient Lya. Tu vas adorer, Mathis : il y a des tas de stalactites et de stalagmites, et des roches de différentes couleurs !

– Exactement, confirme Gabriel. En plus, nous allons visiter cette grotte en mode escalade…

– Sans blague ? Trop bien !

– Et le soir, vous irez chez Maëly pour passer le week-end, si ça vous dit.

– Vivement demain ! répondent en chœur les deux enfants.

Dans la même série

LES ENQUÊTES de Lya et Mathis

L'énigme des graffitis

Mystères dans les rapides

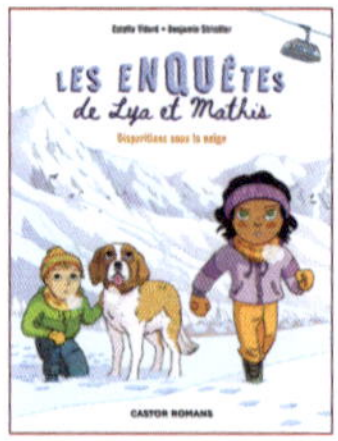

Disparition sous la neige

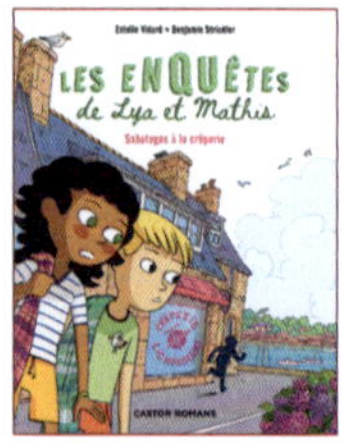

Sabotage à la crêperie

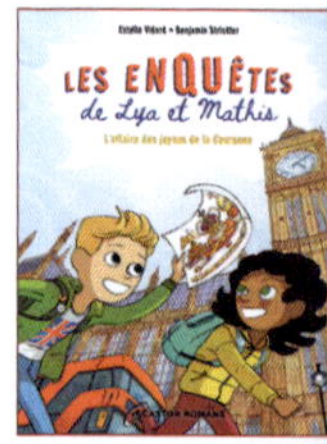

L'affaire des joyaux de la Couronne

Crédits photo
Plat 2 : fokke baarssen / Shutterstock.com ; Plat 3 : © Sofiaworld / Shutterstock.com

www.flammarion-jeunesse.fr
N° d'édition : L.01EJEN002130.A002 / 637753-1
Dépôt légal : avril 2023
Imprimé en Espagne par Liberdúplex – avril 2024
Loi n° 49-956 du 16 juillet 1949 sur les publications destinées à la jeunesse

SETTE

Tutto quello che avete letto è liberamente ispirato a fatti che potrebbero essere accaduti, perché a volte la realtà supera la fantasia. Qualcosa è successo, qualcosa no.

E se pensate che l'abbia scritto per togliermi qualche sassolino dalla scarpa, vi sbagliate. Siete fuori strada, ma ci arriveremo.

###

Mi fermo, chiudo gli occhi, respiro.

Quello che sto per scrivere nelle prossime righe è assurdo, e mai mi sarei sognata di metterlo nero su bianco se non fosse accaduto tutto questo.

Ho ventun'anni e sono stata a letto con cinque ragazzi in tutta la mia vita. Il mio primo amore, il mio migliore amico, la storia di una notte, due fidanzati.

Così stanno le cose. E se anche la mia vita fosse stata diversa, se anche avessi scelto di fare sesso con più persone, sarebbe ugualmente okay, a patto di aver sempre agito con coscienza, prudenza e rispetto. Non è il numero delle persone con cui l'avete fatto a definirvi, anche se potrebbe accadere che qualcuno provi a farlo, soprattutto se siete donne. È una delle più importanti lezioni che mi sono portata a casa alla fine di questa brutta storia. Non ha importanza che i miei ragazzi siano stati cinque, sette, dieci, ciò che conta davvero è che qualcuno abbia provato a sminuirmi attraverso quel numero. Ribadendo che non ho mai rubato il fidanzato a nessuno – e ripetiamolo: i fidanzati non sono oggetti che potete chiudere in cassaforte per proteggerli dalle cattive ragazze... – né ho tradito, né ho cercato mai di trarre vantaggio da una relazione, avrei potuto anche andare a letto con sette ragazzi e pretendere di non essere giudicata per questo.

E ora, prendetevi un attimo e pensateci: se un amico maschio vi raccontasse di aver fatto sesso con sette ragazze, vi sentireste offesi, sconvolti, colpiti? Il vostro giudizio su di lui cambierebbe? Non credo.

Se però vi parlano di una ragazza che ha fatto sesso con sette ragazzi, fermi tutti: è una persona poco seria, tanto che magari vi sentite legittimati a scriverle "tr**a" via DM.

Tutto questo va detto, e bisogna rifletterci su, non solo per quello che è accaduto o non è accaduto a me, ma anche perché riguarda ogni ragazza. Esatto, anche voi che mi leggete.

Evidentemente viviamo ancora in un mondo dove essere donna si accompagna a un bagaglio di aspettative ben precise, che definiscono quel che puoi fare e che ti distinguono da qualsiasi maschio. È un'idea così radicata che nel mio caso a sostenerla e avvallarla sono state proprio delle ragazze. Sicuramente tutta la storia raccontata è stata arricchita con dettagli di fantasia che non deponevano a mio favore – avrei tradito, frequentato due ragazzi in contemporanea, cercato di ottenere vantaggi da loro... – ma resta che il cuore di tutta l'accusa stava in quel numero: sette ragazzi con cui avrei fatto sesso.

E se a scegliere quella precisa strada per distruggermi sono state proprio delle ragazze che in infiniti altri modi si definiscono libere di fare ciò che credono dei propri corpi, significa che c'è ancora tantissima strada da fare.

Con questo libro spero di aver dato il mio contributo. Mi auguro che la storia che ho raccontato possa far riflettere e mettere in discussione qualche certezza. Magari a qualcuno di voi è capitato di scrivere insulti sui social a una persona che nemmeno conoscevate. Bene, se siete arrivati a leggere fino a qui, forse la prossima volta potreste pensarci un po' più a lungo e risparmiarvi tutta quella violenza. Perché mi auguro con tutto il cuore che nessuna ragazza debba più sentirsi dire un "tr**a muori" per il numero di ragazzi con cui ha scelto di fare sesso. Perché è stata durissima, e non lo dico per "fare la vittima". Anche se vittima, in realtà, lo sono stata. C'è solo una parola per definire questa storia: cyberbullismo.

Tutto quello che ho raccontato potrebbe essere vero del tutto o solo in parte: ciò che conta però è che la sofferenza è stata *reale*.

Per settimane, mesi, è stato buio e dolore.

Mi sono allontanata da tutto quello a cui tenevo, per cui avevo lavorato duramente, dai miei amici, dal mio ragazzo, da tutti. Ho creduto di non avere più un futuro, di veder morire i miei sogni. Mi sono sentita distruggere da una solitudine che non potevo immaginare, con il silenzio e la distanza di chi credevo amico e che invece, nel momento più difficile della mia vita, ha scelto di non starmi vicino. Questo ha fatto male, forse più degli insulti.

È stato orribile vedere la mia famiglia soffrire, la preoccupazione negli occhi dei miei genitori, le lacrime dei miei fratelli, quel dolore troppo grande per mia sorella Lisa, la piccola di casa, il senso di sconfitta sul viso di mio fratello ogni volta che provava a farmi sorridere senza riuscirci. E, infine, mia sorella Elena, che per settimane si è dedicata solo a me, mettendo in pausa la sua vita. In casa mia si respirava la stessa aria di un funerale, con il silenzio, gli occhi lucidi, il senso di incredulità e catastrofe.

Avevo paura ad accendere il cellulare, eppure non potevo evitarlo. Leggevo quel che si diceva di me e mi sentivo sprofondare. Mi tremavano le mani, non volevo uscire da camera mia. Dormivo tantissimo, perché quello era l'unico momento in cui potevo non pensare. Ho smesso di frequentare luoghi dove avrei incrociato altre persone dopo che una sera una tizia mi ha riconosciuta, spintonata e insultata. Così, dal nulla, solo perché aveva sentito quella storia su di me. Ne sono rimasta tanto scossa che non ho avuto la prontezza di reagire o rispondere.

Avrei voluto farlo, perché avevo dentro anche tantissima rabbia. Avrei voluto urlare al mondo che non era vero, che avevo commesso errori come chiunque, ma che non ero un mostro. Avrei voluto dire a tutti quelli che ce l'avevano con me di non coinvolgere le persone che mi stavano vicino, perché non c'entravano nulla. Ma non ne avevo la forza, quindi ho cercato rifugio nella solitudine e nel silenzio.

Ricordo un giorno in particolare: ero da sola e stavo camminando lungo un ponte non lontano da casa, in quello che era stato il mio posto del cuore. Mi sono seduta sul muretto, con le gambe che pendevano nel vuoto, e ho pensato che avrei voluto buttarmi di sotto. In quel momento mi è sembrato il modo più semplice per farla finita, per far tacere tutti e, malgrado fosse un pensiero contorto, per ottenere un po' di giustizia. Ricordo di essermi fermata in bilico, di aver cominciato a piangere, tanto che quasi mi mancava il respiro. Allora, guardando il baratro, ho capito. Ho capito che darla vinta agli altri sarebbe stata una sconfitta. Ho pensato a papà, a mamma, ai miei fratelli, agli amici, al ragazzo che ora mi ama davvero, ai miei sogni. E ho pensato a me. Ho deciso che non potevo farlo.

Allontanandomi da quel ponte portavo con me una nuova certezza. Mi sono data da fare, mi sono imposta di essere forte. Ho scelto di non ascoltare certi messaggi e ho ricominciato da capo, prendendomi il tempo necessario. Quel giorno di disperazione non mi sono gettata di sotto e sono rinata.

###

Se ripenso a quello che è successo, so che ci sono tante cose che ancora non ho capito. Quella che mi tormenta di più prende la forma di un grande perché.

Perché tutto quell'odio?

Non riesco davvero a spiegarmi l'odio di chi ha inventato storie sul mio conto, di chi ha scelto di riprenderle e diffonderle, di chi ha aggiunto il proprio carico di accuse. L'odio di quei ragazzi, genitori, bambini che per giorni mi hanno scritto insulti, minacce, cattiverie. Un numero grande, enorme, difficile da quantificare. Un insulto che arriva da uno sconosciuto è facile da ignorare, ma quando sono migliaia non ce la fai. Ti senti braccato, attaccato, distrutto. C'era tantissima violenza, parole durissime, frasi come: "meriti la morte, la malattia, un incidente, tu e la tua famiglia"; il genere di cose che non dovresti augurare a nessuno, in nessun caso.

Il dolore che ho provato in quel periodo è difficile

da spiegare, solo se lo vivi lo puoi capire. Facile dire "non darci peso", meno facile farlo in pratica, soprattutto se ricevi centinaia, migliaia di messaggi ogni giorno. Fa male, malissimo, anche se quello di cui ti accusano è falso; e inizi a pensare che forse hanno ragione loro, che hai sbagliato tu.

Oggi so che sbaglia chi insulta, a prescindere da tutto. Non fatelo mai. Prima di augurare il peggio a qualcuno, fermatevi e pensate se al posto di quella persona ci fosse una sorella, figlia o fidanzata.

###

A distanza di tempo, quello che ho imparato è che ognuno di noi è protagonista della propria storia. E ognuno di noi può essere il buono o il cattivo, dipende da chi racconta quella storia e in che modo. Tutti sbagliamo, impariamo, attraversiamo esperienze simili.

L'odio non è mai la risposta, e nonostante quello che è successo io non odio chi mi ha attaccato. Mi auguro solo che abbiano compreso davvero ciò che hanno fatto e che non ripetano più una cosa del genere. Me lo auguro, perché a nessuno dovrebbe capitare ciò che è accaduto a me.

Questo libro è per tutte le persone che si ritrovano coinvolte in dinamiche simili: per chi insulta, per chi viene insultato, per chi sta a guardare. Tutti voi, da qualunque parte stiate, ricordatevi questo: non è un gioco.

Pubblicato per

MONDADORI
ELECTA

da Mondadori Libri S.p.A.
© 2023 Mondadori Libri S.p.A., Milano

Progetto grafico e copertina: Studio Noesis
Fotografie: Slavica Veselinović
Elementi grafici: Freepik.com

ISBN 978-88-918-3793-6
Prima edizione: marzo 2023

Questo volume è stato stampato presso
Elcograf S.p.A., via Mondadori 15, Verona
Stampato in Italia – Printed in Italy

RINGRAZIAMENTI

Vorrei dedicare questo libro alla mia famiglia. Solo noi sappiamo quanto abbiamo sofferto insieme, perché funziona così: se uno di noi sei vince, abbiamo vinto tutti, se uno di noi cade, cadiamo e ci rialziamo insieme. Grazie mamma, grazie papà. E grazie ai miei fratelli, siete il regalo migliore che la vita potesse farmi. Nei momenti "no" ho bisogno solo di voi.

Grazie alla mia agenzia, la Stardust, a Simone, ad Alan, Ettore, Antonino, John, Maury e a tutti i manager che mi hanno sostenuta e aiutata anche quando sarebbe stato più facile lasciarmi sola. Grazie a Mondadori Electa che ha creduto in questo progetto.

Ringrazio gli amici di sempre, i ragazzi di Valera Fratta e di Marudo che, nonostante la distanza, mi sono stati vicini. Grazie a Gabriele (non ti deluderò) e ad Alice, compagna di avventure. Grazie a tutti i ragazzi della Stardust per i due anni di convivenza, di amore e odio nonostante i quali siamo ancora qua. Un grazie speciale a Jaky e Luca, i miei migliori amici.

Grazie al mio fidanzato, Chri. Non è stato facile, ma noi siamo la dimostrazione che l'amore vince sempre. Molti hanno provato ad allontanarci, senza riuscirci, e per me conta solo quello.

Infine grazie a tutte le mie fanpage, a tutte le persone che mi sono state vicine anche non conoscendomi. A tutti, semplicemente grazie.